دکتر برایان
از دودکش
بالا می‌رود

آیدا احدیانی

دکتر برایان از دودکش بالا می‌رود

دکتر برایان از دودکش بالا می‌رود

آیدا احدیانی

ویراستار: **محسن آزرم**
طرح جلد: **آفرین ساجدی**
عکس پشت جلد:
سام جوانروح
طراح گرافیک: **رضا دولت‌زاده**
نوبت چاپ: **اول/ ۱۳۹۳**

و با تشکر از آیدین صالحی
که داستان‌ها را قبل از دیگران
دوباره و سه‌باره خواند،
تصحیح کرد و در بازنویسی‌ها
همراه و همفکر بود.

سرشناسنامه: آیدا احدیانی
عنوان و نام پدیدآور: دکتر برایان از دودکش بالا می‌رود/ آیدا احدیانی
مشخصات نشر : ۱۳۹۳
مشخصات ظاهری : ۱۰۶ ص.
شابک : ۹۷۸-۰-۹۹۳۷۴۲۹-۰-۳
ISBN:978-0-9937429-0-3

فهرست:

مرگ مرزی

به مادرم

مـــادرم تکیه داده بود به نرده‌های رو به آبشــار. قبل از تکیه دادن مطمئن شد که محکم‌اند. دست انداختم دور شانه‌هایش. آخرین بار که با هم عکس انداخته بودیم در بغلم جا نمی‌شد و الان کاملاً اندازه بود؛ حتا کم هم بود.

مرد گفت حاضر.

لبخند زدیم. عکس گرفت.

گفتم رنگین‌کمان هم افتاد؟ کالسکه را تکان می‌داد.

گفت نمی‌دانم؛ بیا خودت ببین.

به مادرم گفتم: نرده‌ها محکم است، ولی زیاد هم خم نشوید. چندسال پیش یک دختر نوزده ساله از همین بالا افتاد تو آبشار.

سرطان مادرم را نترس کرده بود؛ گفتم که بترسانمش.

پرسید چی شد؟ مرد؟

گفتم بله.

گفت لابد شنا بلد نبود؟

گفتم فکر نکنم غرق شـــده باشه. کارش به شـــنا نرسید. احتمالاً تو مسیر خورده به سنگ‌ها و قبل از این‌که برسه به آب بیهوش شده؛ یا شاید مرده.

گفت آهان؛ با دست‌وپا زدن خفه نشده پس؛ خفگی براثر مرگ مغزی.

گفتم نمی‌دونم. حدس می‌زنم.

حتا قبل از سرطان هم ذکر جزییاتی که باعث مرگ شده بودند سرگرمش می‌کرد. تنها گذاشـــتمش که دنبال رد خون دختر روی سنگ‌ها بگردد. مرد کالسکه بچه را تکان می‌داد. بی‌حوصله بود. جدایی‌مان را دوماه عقب انداخته بودیـــم تا مادرم بیاید و برود. تظاهر کردن به این که خانواده‌ی خوش‌بختی هستیم خسته‌اش کرده بود. من هم خسته بودم. دوربین را گرفتم.

گفتم ضد نور شده. صورت مامان سیاه افتاده.

گفـــت غیر ضد نور می‌خوای باید بریـــد اون‌طرف. این‌جا هرچی بگیری همینه.

بچه دوباره شروع کرد به گریه کردن.

گفت بغلش نمی‌کنی؟ من کمرم درد می‌کنه.

ـــ نه همین تکونش بده می‌خوابه تازه شیر خورده.

ـــ سردشه

ـــ نه. فکر نکنم. تنش گرمه. یه کم تکونش بدی می‌خوابه. (پلاســـتیک روی کالسکه را مرتب کردم.)

ـــ تا کی می‌مونیم؟

ـــ تازه رسیدهیم. فکر کردم مامان کنار آبشار یه قدمی بزنه.

ـــ قدم زدن نداره. سر تا تهش یه شکله. انگار مامانت خیلی هم از آبشار خوشش نیومده.

ــــ چرا اینو می‌گی؟ خیلی هم خوشش اومده. قرار نیست که بالا و پایین بپره.

ــــ به هرحال برای بچه خیلی سرده. برای مامانت هم سرده. می‌دونی که نباید سرما بخوره. یه جوری برگردیم که برگشتنی به ترافیک نخوریم.

ــــ یعنی ناهار نخوریم؟ این‌همه راه اومده‌یم.

ــــ یه چیزی تو راه می‌گیریم.

بچه گریه کرد. دوتایی کالسکه را تکان دادیم.

گفتم می‌خوای شــما برید توی ماشین. من با مامان یه دوری بزنم و زود بیام.

مرد کالســکه را هل داد و رفت. مادرم خیره شده بود به آبشار. فکر کردم محو رنگین‌کمان روی آبشـــار شـــده. مردم عکــس می‌گرفتند. کنارش ایســتادم. کسی به شانه‌ام زد. یک زن چینی بود که می‌خواست از خودش و زنی که همراهش بود عکس بگیرم. حدس زدم خواهرش باشد که این‌قدر شباهت داشتند. ولی در مورد آسیایی‌ها شباهت دلیل هیچ نسبتی نیست. عکس را نگاه کردند.

گفتم خوبه؟

زن به‌جــای جواب دادن خندید. آن یکــی زن هم در جواب خنده خواهرش خندید. عکسشان ضد نور نشده بود. رنگین کمان هم معلوم بود.

مادرم شالش را سفت پیچید دورش و گفت اون‌طرف آمریکاست؟

ــــ بله مامان.

ــــ چه جالب که انقدر به آمریکا نزدیکیم؛ ولی چه فایده؟ منو که راه نمی‌دن.

ــــ این‌طرف آبشار بهتره.

ــــ اینو می‌گی که دل من خوش باشه.

ــ نه؛ جداً این‌طرف بهتره. بهترین منظره رو از سمت کانادا می‌شه دید.

ــ منظره‌ی آبشار که خیلی خوبه، ولی به‌هرحال اون‌طرف باید بهتر باشه. البته فکر می‌کنم مال اینه که وقتی سن تو بودم آرزوم این بود که یه بار برم آمریکا.

ــ باور کنید هیچ فرقی ندارن. همه‌چی شکل همین‌جاس. حالا شهرهای غرب آمریکا با کانادا خیلی فرق دارن ولی شهر اون‌طرف آبشار که مو نمی‌زنه با این‌ور.

ــ بیش‌تر دوست داشتم برم لُس‌آنجلس یا شیکاگو. (کلاهش را کشید روی گوش‌هایش.)

ــ حالا شاید یه روزی رفتید. سردتونه؟

ــ نمی‌شه رفت. چه پرچم بزرگ قشنگی هم زدن. نه؛ سردم نیست. کشیدم تُنُکی موهام معلوم نشه. تا این موها در بیاد جاهای سردی مث این‌جا که کلاه لازم است، برای سروریختم بهتره.

ــ چرا؛ می‌شه. دفعه‌ی بعد که اومدید همون موقع که برا سفارت این‌جا وقت می‌گیرید برا ویزای امریکا هم اقدام کنید. خودم براتون دعوت‌نامه‌شو جور می‌کنم.

ــ دفعه‌ی دیگه نداریم. عمر من به امریکا نمی‌رسه. فکر می‌کنی چه‌قدر می‌مونم؟ اگه وقت داشتم که انقدر باعجله وسط زمستون نمی‌اومدم تو و بچه رو ببینم.

ــ مامان به نظرم الان که خوبین. یه کم وزن کم کردین که اون هم برمی‌گرده.

ــ خوب نیستم. بی‌حسم؛ چون همه‌ی حس‌هام رو با مسکن و پرتو درمانی کشتهن. از تو خالی خالی‌ام.

ــ حالا چرا انقدر دوست دارین برین امریکا؟

ــــ شــــاید چون وزارت‌خونه قسمت بورسیه‌ی امریکا کار می‌کردم. بس‌که همه‌ی ارباب‌رجوعام از امریکا حرف می‌زدن. عکس نشــــونم می‌دادن.

ــــ کسی از کانادا چیزی نمی‌گفت؟

ــــ کانادا اون موقع هنوز کشف نشده بود.

خندیدم. دستش را گرفتم که برویم.

گفت یه عکس تکی از من می‌گیری؟ جوری که فقط آبشــــار باشه و من و اون پرچم امریکا.

رفتم عقب. گفتم رنگین‌کمون کانادایی‌ها هم توی عکســــه؛ اشکال نداره؟

خندید. گفت نه؛ بذار باشه؛ به جهنم.

عکس را نگاه کرد. راضی بود. پشت لبش عرق کرده بود.

گفتم بریم؟ اســـتیو و بچه تو ماشین منتظرن. البته اگه گرسنه‌این اول بریم یه چیزی بخوریم.

ــــ عمراً کسی بفهمه کاناداست. انگار تو امریکا عکس گرفتم.

ــــ ناهار می‌خورین؟

ــــ نه؛ گرسنه نیستم.

ــــ آبشار رو دوست داشتین؟

ــــ آره. خیلی خوب بود. زحمت شما شد تو این سرما.

دوباره عکس را نگاه کرد و گفت فقط دانشجوای بورسیه نبودن. قبل از این که تو و برادرت به دنیا بیایین یکی رو دوســـت داشتم که رفت امریکا. هیچ‌وقت بهت نگفته بودم؛ نه؟ اسمش بهزاد بود.

ــــ نه؛ نگفته بودین. از اون موقع ازش خبری ندارین؟

ــــ نه. رفت که رفت. جدی فکر نمی‌کردم آبشار انقدر بزرگ باشه.

مادرم نگاهم نکرد. فکر کردم دلش نمی‌خواهد چیز بیش‌تری از مرد

بگوید. گفتم نیاگارا طولش از همه‌ی آبشارا بیش‌تر نیست؛ ولی عرضش از همه بیش‌تره.

ـــ عرضش که خیلی زیاده. اگه کم‌تر بود و من هم هنوز مث سی‌سال پیش عاشق این بودم که یه جوری برم امریکا، شاید همین‌جا شیرجه می‌زدم جوری که بیافتم رو سنگهای قسمت آمریکایی فقط به امید این‌که یک جایی بنویسن «یک زن ایرانی در قسمت امریکایی آبشار تمام کرد.»

گرگور

یـــک روز صبح، مورخ ۳ مارس ۲۰۱۲، گرگور با دهن تلخ و ســر سنگین از خواب بیدار شد. با چشمان نیمه‌بسته دست کشید روی میز کنار تخت. موبایلش روی میز نبود، در عوض کنار لیوان آب یک رسید خرید کاندوم پیدا کرد. نبض روی شـــقیقه‌اش را با دست فشار داد و سعی کرد یادش بیاید کی و کجا کاندوم خریده است. در انتهای رسید از بین چشمان جمعش حروف محو را دوباره خواند:

بیست و چهار ساعته جغدسفید

کاندوم
طعم‌دار ــ ویسکی، یک جعبه

دوازده دلار و نود و نه سنت
مالیات یک دلار و سی سنت

۱:۲۹ دقیقه‌ی سحرگاه ــ ۵ مارس ۲۰۱۲
پرداخت‌شده : نقد

کرکره‌ها کنار بودند و نور داشت دیوانه‌اش می‌کرد. تمام سه هفته‌ی گذشته باران باریده بود و قرار بود همه‌ی سه هفته‌ی آینده هم باران ببارد و انگار فقط همین حوالی ساعت ده تا دوازده صبح روز دوشنبه بود که قرار بود آفتابی باشد. گرگور با دستی که سایه‌بان چشم‌ها نکرده بود پرده‌ها را کشید. اتاق تاریک شد؛ لابد مثل همه‌ی ده صبح‌های سه هفته‌ی گذشته. دست سایه‌بان را که معاف شده بود از سایه‌بانی فشار داد روی شقیقه‌ی چپش. لیوان آب کنار تخت بود. تمامش را سرکشید و به رسید کاندوم خیره شد.

از آخرین باری که گرگور کاندوم خریده بود چند سال می‌گذشت، کاندوم‌های دیورکس گرمایشی را که آخرین خرید کاندومش بود در اسباب‌کشی برگشت به خانه‌ی مادرش با وی.اچ.اس‌های قدیمی دور ریخته بود. از کل بسته‌ی شش تایی یکی را مصرف یکی از خودارضایی‌های متفاوتش در برابر یکی از همان فیلم‌های ده دقیقه‌ای وی.اچ.اس کرده بود. کشو میز کنارتخت را باز کرد: یک مجله‌ی جدول بود، ناخن‌گیر و چسب میخچه و دو تا فندک.

گرگور سه ساعت و نیم دیرتر از هر روز به پشت میزش رسید. نانسی منشی طبقه‌ی اول گفت «جلسه‌ی برنامه‌ریزی و مدیریت زمان هفتگی رو از دست دادی.»

«می‌دونم، باتری گوشی‌م مرده بود، خواب موندم.»
«مگه تو برای بیدار شدن هنوز زنگ ساعت لازم داری جناب متصدی روشـــن کردن چراغ های صبح و عصر دفتر مک گوین و پسران؟ لابد دیشب بعد از مهمونی کم خوابیدی؛ نه؟ اصلاً خوابیدی؟»

نانسی با صدای بلند به شوخی خودش می‌خندید. نانسی چند سال پیش، بعد از جدایی پرماجرایش از نامزد شـــیطانی‌اش تصمیم گرفت هرچـــه دلش می‌خواهد بخـــورد. گفت مردهـــا ارزش این‌همه پرهیز غذایی را ندارند. در ســـه سال گذشته سه سایز بزرگ‌تر شده بود ولی هنوز لباس‌های دوران نامزدی با اســـتیو را به تن می‌کرد. روز دوشنبه پنجم مارس نانسی شـــومیز مردانه‌ی صورتی کم‌رنگی پوشیده بود که دکمه‌هایش به‌زور به‌هم رسـیده بودند و زیربغل‌هایش از عرق خیس بودند. گرگور از فضای بین دکمه‌ها به پستان‌بند سفید توری نانسی خیره شـــد. به پستان‌هایی که می‌خواستند از پستان‌بند فرار کنند و سعی کرد فکر کند این پســـتان‌بند و پستان‌ها را جایی ندیده؟ ملانی دوست‌دختر سابقش پستان‌بندهای توری ارزان تن میَ‌کرد. روزی که ملانی به‌خاطر اســـتیو ترکش کرد، یکی از سینه‌بندهایش را کش رفت. بوی سینه‌های ملانی را دوست داشت و شب‌ها سینه‌بند را روی صورتش می‌گذاشت و می‌خوابید. جنس تور ســـینه‌بند ارزان بود و خیلی زود بوی خاک و بزاق مانده گرفت و دیگر هیچ اثری از ملانی در تاروپود سینه‌بند نبود. صورت نانســـی را نگاه کرد. غبغب نرم و لرزنده‌ی نانســـی و چشمان آبی کم‌رنگ و دماغی که در ســـه ســـال گذشته به نظر کوچک‌تر شده بود. نانســـی آه بلند بعد خنده‌هایش را کشید و رسیدهای مخارج سفر فروشنده‌های کمیسیون‌بگیر شرکت را روی میز گرگور گذاشت .
«خســـتگی‌ت که در رفت چـــک این‌ها رو بنویس. پســـرها وقتی

طلب‌کارن روزی ده بار زنگ می‌زنن. چک‌شون که دیر می‌شه فکر می‌کنن من رسیدهاشون رو گم کردم. ابله‌ها. من تا حالا رسید گم کردم؟ تو بگو. گری خوابی هنوز؟ قهوه می‌خوای؟»

نانسی چیزی می‌دانست از کم‌خوابی دیشب، از جغد سفید، از رسید.

« آره لطفاً. فکر کنم کم‌خواب و گیجم هنوز. احتمالاً زیادی ویسکی خوردم. دهنم هنوز مزه‌ی ویسکی می‌ده. تو چی؟ تو ویسکی نخورده‌ی دیشب؟»

«من از ویسکی متنفرم. مزه‌ی باب طبع مردونه‌ی تلخ احمقانه. من کوکتیل‌های شیرین دوست دارم. برو آشپزخونه قهوه بریز، مارتا الان رفت تازه‌ش رو دم کنه.»

مارتا برادرزاده‌ی مدیر مالی، رئیس گرگور، شش ماه بود که استخدام بخش مالی شده بود. جاود همکار هندی بخش تسهیلات معتقد بود که بعد از استخدام مارتا حداقل از یک کنج دفتر بوی گه نمی‌آید. مارتا بیست‌ونه ساله و خوش‌بو بود، کم‌حرف و بی‌اعتمادبه‌نفس. گاهی برای اشتباهاتی معذرت می‌خواست که سه سال قبل در امور اداری کسی دیگر مرتکب شده بود. خاطره‌ی همه از مارتا عطرش بود، خیلی کم حرف می‌زد و کسی خاطره‌ای از صدایش یا حضورش نداشت. اگر حرفی هم می‌زد از زک و زویا گربه‌هایش بود. گرگور بعد از مارتا کم‌حرف‌ترین کارمند دفتر بود ولی همیشه در برابر سکوت مارتا معذب می‌شد و سعی می‌کرد سکوت را بشکند. دقیقاً همان کاری که دیگران در برابر گرگور می‌کردند.

«یک لیوان هم به من می‌دی؟»

«بله.»

«اووووم؛ چه عطری!»

مارتا سرخ شد

«قهوه رو گفتم.»

مارتا لبخند زد.

«امروز واقعاً قهوه‌لازم دارم. اگه یک لیوان قبل کار نخورم ده تا اشتباه در حد صدور چک سه برابر کارمزد، مثل هفته‌ی قبل رو شاخمه.»

«من متاسفم.»

«تقصیر تو نبوده که. جاوِد و جک مساعده‌ها رو وارد نکرده بودن.»

مارتا سرخ شد.

«گفتم جک، زک خوبه؟»

«بله. با اون قرص‌های اشـــتهاآور دوبـــاره غذا می‌خوره و یه‌کم وزن اضافه کرده. دویســـت گرم. بازیگوش هم شده. سر جریان تیروئیدش خیلی اذیت شد. البته الان فقط اجازه داره غذای خشک بخوره. غذای تر هورمون داره. می‌دونستی؟»

«اوه نـــه، جدی؟ کثافت‌ها به غذای گربه هـــم هورمون می‌زنن؟ نه؛ بدون شیر لطفاً.»

«چشمات چه قرمز شده.»

«کم‌خوابی.»

«شاید هم حساسیت.»

«هیچ‌وقت حساسیت فصلی نداشته‌م.»

«شاید به حیوونات حساسیت داری؟ مثلاً به گربه.»

«جدی؟ ممکنه یعنی؟»

«آره، گربه‌های موبلند مثل زک و زویا خیلی باعث حساسیت می‌شن. من خودم اولین بار که آوردم‌شون خونه تا یه ماه چشمام سرخ بود.»

«شاید. شاید مال تماس با گربه باشه. گربه‌ها شب می‌آن رو تخت؟»

«ردخور نداره. حتا جک عادت داره روی سینه‌ی آدم بخوابه و خرخر

کنه. خیلی لذت داره.»

«جک؟»

«اوه خدایا چی می‌گم؟ زک. زک عادت داره روی سینه‌ی من بخوابه. هنوز خوابم. دیشب دیر خوابیدم.»

مارتا سرخ شد.

«چنگ نمی‌زنن؟»

«معلومه که نه. چه عجیب. می‌دونم خودت گربه نداشته‌ی ولی تا حالا نشده شب خونه کسی بمونی که گربه داشته باشه؟ یعنی تا حالا گربه روی سینه‌ت نخوابیده؟ شاید یادت نمی‌آد؟»

«باید یه‌بار پیش زک بخوابم.»

«زک پیش کسی نمی‌مونه.»

«من بیام پیشش؛ مثل جک.»

مارتا سرخ شد و از آشپزخانه بیرون رفت.

گرگور سعی کرد شب و روز قبل را به یاد بیاورد. ساعت دوازده بیدار شده بود و ساعت دو ظهر صبحانه خورده بود، از ساعت دو تا چهار مجله‌های تاریخ‌گذشته‌ای را که هر جمعه یک‌دهم قیمت از دکه‌ی فرناندز می‌خرید ورق زده بود. مجله‌هایی با تاریخ تابستان قبل که مضمون اکثرشان «چه کسی شکم زیباتری دارد؟» بود. گرگور شکم نازیبایی داشت؛ برآمده و سفت با یک نوار فرورفته‌ی کمربندی به عمق یک اینچ که شکمش را دو تکه می‌کرد. یــک ماه بعد از رفتن ملانی به توصیه‌ی مادرش ورزش را شروع کرد. مادر گرگور بعد از غرق شدن پدرش که برای پیدا کردن ساعت رولکس مادرش از قایق داخل دریاچه‌ی «پیچک‌های مرگ» پریده بود، ســه بار ازدواج کرد و دو بار وارد رابطه‌ی طولانی‌مدت شــد. خودش معتقد بود تمام این اقبال را،

آن‌هــم در دوران بعد از جنگ و کمبود مردان جوان، مدیون ورزش و هیکل مناســبش بوده. آخرین پدرخواندهی گرگور چهار سال قبل در خانهی ســالمندان «پیش‌درآمد بهشت» با یک غضروف ران مرغ خفه شد و مرد. مادرش بعد از مرگ جو ــ که تا قبل از ازدواج با مادرش گیاهخــوار بود ــ ظاهراً طولانی‌تریــن دورهی بیوگی و عزاداری خود را شــروع کرده بود. او خودش را برای اصرار و شــکنجهی روحی و گرسنگی دادن به جو برای دست کشیدن از فرقهی گیاهخواری در دو سال اول ازدواج‌شان ســرزنش می‌کرد. می‌گفت برای کسی که چهل ســال گوشــت نخورده، احتمالاً درک این‌که ران مرغ غضروف دارد سخت بوده اســت. مرگ جو با غضروف واقعاً برای گرگور مهم نبود ولی او مادرش را برای نخواندن اسم دریاچهی پیچک‌های مرگ روی نقشه سرزنش می‌کرد. مادرش بارها قسم خورده بود که اسم دریاچه در قسمت تاخوردگی نقشه نوشته شده بود و بر اثر بارها تا خوردن نقشه قابل خواندن نبود. دوم اوت هزار و نهصد و هشتاد، گرگور و مادرش ده دقیقه پدرش را صدا کردند و بعد پاروزنان تا ساحل رفتند. مادرش موقع پیاده شــدن ناخودآگاه دقت می‌کرد که پایین دامنش خیس نشود همان‌طور که موقع پاروزدن حواسش بود ناخنش نشکند. او و مادرش تا نیم ساعت قبل از بالا آمدن جنازهی پدرش که با گلوله آب‌کش شده بود، از اســم دریاچه خبر نداشتند. ساعت رولکس مادرش را سه روز بعد از مراسم خاک‌سپاری گرگور کف ماشین ماستنگ پدرش پیدا کرد. بعد جدا شدن از ملانی و بازگشت به خانه مجبور شد به مادرش قول بدهد که با یادآوری مدام جزییات آن روز شــوم تابســتانی اوقاتش را خراب نکند. مغز گرگور پر از جزییات بهدردنخور بود و شــکمش پر از مخمر آبجو. تا سه ماه بعد از رفتن ملانی ورزش می‌کرد و شکمش دو ســایز کوچک‌تر شده بود تا این‌که از تانیا ــ دخترخالهی استیو که

همه‌ی جملات را با ترکیب «بین خودمون» تمام می‌کرد ــ شنید که «اصلی‌ترین دلیلی که ملانی ترکت کرده اخلاق مزخرف و بوی غیرقابل تحمل قسمتی از بدنت بوده؛ بین خودمان بماند.» گرگور تا ماه‌ها بعد نصفه‌شب یا اواسط روز دستش را بین پاهایش، یا زیربغلش می‌برد و بو می‌کرد. بوی خوش‌آیندی نبود ولی بوی بدنش بود. حتا دو ساعت بعد از حمام کردن هم این بو را می‌داد و به نظرش بوی بدی نبود. یک بار از مادرش سؤال کرد و مادرش گفت «خدای من! گری؟ توقع نداری که من خم بشم و لای پای تو مرد گنده رو بو کنم؟ بده یکی از دخترای شرکت بوت کنه؛ یا زن یکی از دوستات.» متأسفانه هیچ‌کدام از مجله‌های زرد سینمایی‌ای که به صورت کیلویی از فرناندو می‌خرید و می‌خواند علت طلاق زوج‌های هالیوود را بوی بد عنوان نکرده بودند.

روز گذشته تا ساعت چهار مجله‌ها را درجست‌وجوی دلایل طلاق کیت و تام ورق زده بود و کمی هم به کاغذ براق باسن «زن‌های شماره‌یک ساحل مالیبو» دست کشیده بود. از ساعت چهار تا پنج پشت میز آشپزخانه نشسته و به صدای ساعت گوش کرده بود تا ساعت پنج عصر با مادرش شام خورد. مادرش ساعت شش با مسواک آمد به اتاق نشیمن و به گرگور شب‌به‌خیر گفت.

ــ با کلید خودت در رو قفل کن.

ــ باشه.

ــ کی می‌ری؟

ــ بازی تموم بشه می‌رم.

ــ این‌که الان شروع شده.

ــ درسته.

ــ تاریک نمی‌شه تا این تموم بشه.

ــ چرا ولی مشکلی نیست.

ـــ چرا اتاقت تلویزیون نداری؟

ـــ من که خونه نیسـتم هیچ‌وقت. شـش می‌زنم بیرون و نه می‌آم خونه؛ مثل جنازه. تو اتاق فقط بی‌هوش می‌شم.

ـــ یکشنبه‌ها که خونه‌ای؟

ـــ یکشنبه‌ها خب می‌آم پایین. عوضیا. سال به سال دارن بدتر بازی می‌کنن.

ـــ به نظر من باید یکی بخری. شـاید تولد چهل سالگی‌ت با خاله بت دو تایی باهم یکی برات خریدیم.

ـــ من چهل‌ودو سالمه و بت سه ساله که مرده.

ـــ اوه راست می‌گی. آخر شب‌ها پاک قروقاطی می‌کنم. برم بخوابم صبح زود باید جاینت استور باشم.

ـــ چرا؟

ـــ کلی حراج خوب هفتگی داره، همه‌ی کوپن‌ها رو جمع کردم. قبل این‌که خالی‌ش کنند باید برم.

ـــ خب. اونور خالیه. چرا می‌زنی این‌ور؟ بده اونجا خب.

ـــ کی می‌ری؟

ـــ بعد بازی.

ـــ بازی که الان شروع شده. تاریک نشه.

ـــ راست می‌گید؛ رفتم.

بعـــد از خروج از خانه‌ی مادرش رفته بود بار سـر خیابان. تراور و سـرجیک پشت بار نشسته بودند. هر دو مست داد زدند. «گری. گری. گری تنها، باز مادرت، بیرونت کرد.»

کتـش را انداخته بـود روی بار و گفته بود بادوایزر. سـرجیک داد زده بود «بهش ویسـکی بده مُ بازی و زندگـی‌ش دمغ‌کننده‌تر از این

حرف‌هاست که بتونه با آبجو تحملش کنه. سه تا بی‌یخ.»

«همون آبجو خوبه، بعد این‌جا می‌رم مهمونی سال نو شرکت. بهتره مست نرم.»

مُ: «ریختم دیگه. این دور رو ویسکی بخور،از دور بعد آبجو. مهمونی سال نو تو مارس؟»

«برای کم کردن هزینه‌ها بعد سال نو مهمونی می‌گیرن. نزدیک‌های سال نو قیمت جا و غذا چند برابر می‌شه.»

تراور: «تو که خسیسی؛ حالا تو الگوی شرکت بودی یا اونا الگوی تو؟ دیدی چه پاسی داد؟ بازی بلدن ها ولی این کون‌های گنده‌شون رو تکون نمی‌دن.»

بازی تا اوایل نیمه‌ی دوم خیلی بد بود و همین قدر یادش بود. یادش بود تراور گفته بود اگر دارد ده تا بهش قرض بدهد که ماشین زنش را عوض کند. تراور هنوز پنج تا از پارسال به گرگور بدهکار بود ولی گرگور گفته بود «باشه.» چون معتقد بود دوستی تراور و سرجیک برایش حیاتی‌ست.

آقای مک‌گوین روی سیستم داخلی مکالمه‌ی آنلاین شرکت صداش کرد.

«چه عجب چراغت روشن شد گری، یک سری به دفتر من می‌زنی؟ چک هم اگر داری باید امضا بشه، بیار.»

با لیوان قهوه تقه زد به در و رفت تو. گوین سینیور پای تلفن بود. گفت «امروز یه‌کم تق‌ولقیم، دیشب مهمونی سال نو شرکت بوده و بچه‌ها یه‌کم دیرتر اومدن امروز.»

گرگور زل زد به تابلو روی دیوار که همه‌ی ده سال گذشته همان‌جا آویزان بود. یک هرم خاکستری که سایه‌ی تاریک‌تر یک مرد رهگذر رویـــش افتاده بود. یـــک کار مدرن ارزان که احتمـــالاً در زمان خرید سوپرمدرن بوده.

«نصف می‌شـــه هزینه‌ها. تو ژانویـــه آدم رو تیغ می‌زنن. مهم اینه که همکارا دور هم جمع بشـــن. تو هم باید مهمونی‌هات رو بندازی برای فوریه یا مارس.»

روی هوا شروع کرد به امضا کردن فرضی. گرگور پوشه‌ی چک‌ها را روی میز آقای مک‌گوین گذاشت.

«خودم هم دیر رسیدم. دیشـــب رو حسابی و سنگین برگزار کردم. سرم هنوزسنگینه.»

«هاها، نترس کسی چیزی یادش نمی‌آد. به همه تا جا داشتن ویسکی خوروندم.»

یکی از چک‌هـــا را روی هوا تکان داد و ابرو بـــالا داد. گرگور خم شـــد روی میز رئیس که ببیند چرا این چک را کشـــیده‌اند. دست‌های گوین سینیور رگ‌های آبی پیرشـــده داشت. «ودیعه‌ی شرکت برق ــ دفتر منطقه‌ی دوازده.»

مک‌گوین جلو دهنه‌ی گوشی تلفن را گرفت و تو گوش گرگور که خم شـــده بود روی میز گفت «مگه دفتر دوازده تا حالا بی‌برق بوده که الان ودیعه لازم داره.»

گرگور از روی میز بلند شد. مگ‌گوین با مدادش زد روی لب گرگور و کاغذی گذاشـــت جلوش. گرگور نوشت «شرکت برق دفتر دوازده تصمیم گرفته از پرمصرف‌ها ودیعه بگیره.»

گوین نوشت «پرمصرفن؟»

گرگور نوشـــت «نه؛ مصرف اضافه که ندارن ولی شـــرکت برق به

بیش‌تر از صدهزار تا در سال می‌گه پرمصرف.»

گوین با دســت چپـش که نمی‌لرزید چک را امضا کرد و پوشــه را بست. روی کاغذ نوشت «ببخش، اندیه، برادر زن مرحومم. حالا حالاها می‌خــواد حرف بزنه. برو؛ کارم تموم شــد خودم صدات می‌کنم. اوه! دهنت چه بوی اسکاچی می‌ده! تا صبح داشته‌ی می‌خورده‌ی؛ نه؟»

رئیس خندید. گرگور سرخ شد. دهنه‌ی گوشی را بادست پوشاند و نجواکرد «گری، در رو هم ببند.»

گرگور لرزید. در را بست. کف دست‌هایش را بو کرد. حس کرد بوی ویسکی می‌دهند. دوباره بو کرد. عرق بدبوی تن. سر تا پا خیس عرق بود. کف دست‌هایش را با شلوارش خشک کرد. لیوانش را جا گَذاشته بود دفتر مک گوین سینیور، ولی برنگشت که بردارد.

چک‌ها را گذاشت روی میز نانسی. کارآموز بیست ساله‌ی شرکت ــ سولاریس ــ گفت «نانسی رفته ناهار.»

«چه دیر ناهار می‌خوره؟ ساعت سه‌ونیمه.»

«ناهار دومه.»

سولاریس خندید. گری هم لبخند زد.

ســولاریس گفت «لعنت به شــما مردها. زنها را می‌ندازید رو دور خوردن. شکست عشقی و برگر همیشه باهمن.» و خندید.

«خوردن که چیز خوبیه؛ من ده سال پیش شکست عشقی خوردم و هنوز هم بهانه دارم که بخورم.»

«من که شکست هم بخورم چیزی نمی‌خورم.»

«نانسی هم همین رو میگفت.»

«من می‌خــورم ولی قورت نمی‌دم. این‌جــوری رو فرم موندم. تو

مجله‌ی استار خونده بودم که جولیا آنجلی برای لاغری غذا رو می‌جوه ولی قورت نمی‌ده، تف می‌کنه. این‌جوری رو فرم مونده.»

«رو فرم نمونده که؛ چوب‌لباسیه.»

«اینجور نگو گری، من عاشق اون هیکلم. کاش من هم اون‌جوری بودم.»

«تو همین الان هم خیلی خوبی که.»

«ممنونم گری. دیشب هم همین رو بهم گفتی. تازه لباس دیشبم چاق نشونم می‌داد. خودم صد پوندم.»

گرگور چیزی از لباس دیشب سولاریس یادش نمانده بود.

«جدی می‌گم. تو عالی هستی. همین‌جوری بمونی خیلی خوبه. تو هم قورت نمی‌دی؟»

«سعی‌ام رو می‌کنم. سخته خب. فقط شیره‌ی غذا رو قورت می‌دم.»

«دیشب بهت خوش گذشت؟ با بچه‌های دفتر دوازده و سه آشنا شدی؟»

«خوش گذشت ولی با اون‌ها آشنا نشدم. تو جمع‌های غریبه خجالتی می‌شم. بیش‌تر دلم می‌خواست پیش بچه‌های خودمون باشم. نانسی هم دعوام کرد. گفت برای این‌که ارتباط‌های شغلی‌م رو بیش‌تر کنم باید تو مهمونی سال نو جز تو و جاود و آقای گوین و مارتا با بقیه‌ی جمع هم سلام‌وعلیک کنم.»

«خب راست می‌گه.»

«خودت هم که دیشب فقط با ما شش تا حرف می‌زدی.»

«با کی؟»

«یعنی چی با کی؟ من و جاود و نانسی و مارتا و آقای سینیور و فِی دیگه.»

«ها. من که دیگه بعد دوازده سال همه رو می‌شناسم. حوصله‌ی

آدم هم جدید ندارم. حال‌وحوصله‌ی حرف زدن هم ندارم. حوصله‌ی همین چهارتا رو هم به‌زور دارم. ولی ـــ خب تو هنوز اول راهی.»

«یعنی الان هم حال‌وحوصله‌ی من رو ندارید؟ ببخشید چه‌قدر حرف زدم.»

«نه؛ نمی‌دونم چرا امروز یه‌کم بی‌حالم.»

«دیشب که معلوم بود هنگ‌اُور می‌شی.»

«آره خب؛ انگار زیاده‌روی کرده بودم.»

«زیاده روی گاهی خوبه خب. من عاشق دیوانه بازیم»

«من هم بیست‌ودو سال پیش. این‌جوری بودم.»

«جدی؟»

«نه بابا؛ فکر نکنم. از اولش همین بودم؛ فوقش یه‌کم دیوونه‌تر.»

«اوه چه سخت. ولی اصلاً بهت نمی‌آد یه روز دیوونه بوده باشی. چه می‌دونم؛ شاید هم سخت نباشه.»

«راســـت می‌گی ها؛ خیلی هم جالب نیست. من خیلی زود ازدواج کردم. خب جالب نبودن هم که واقعاً سخته.»

«من که حالـــم از ازدواج به‌هم می‌خوره. تا یــــه‌دور اروپا رو نگردم ازدواج نمی‌کنم. کی جدا شدی؟»

«از اولی دوازده سال پیش. دومی هم سال بعدش ول کرد و رفت.»

«چه غمگین. حالا چرا رفت؟»

«یــــه چیزی بگم بین خودمون می‌مونه؟ رفته بود همه‌جا گفته بود که اخلاق گهی دارم. آهان؛ بعد هم گفته بود بو می‌دم.»

«عجب مزخرفی. شـــما اخلاق‌تون که عالیه. اصلاً یه جنتلمن واقعی هستید.»

«یعنی بو می‌دم؟»

«من همچین حرفی زدم؟»

«نه؛ ولی تو فقط گفتی اون تیکه‌ی اولش درست نیست.»

«وای نه. منظورم این نبود که؛ خب ـــــ من هیچوقت انقدر به شـــما نزدیک نبوده‌م.»

«می‌دونی ســولاریس؛ خیلی دلم می‌خواست اخلاقم گه بود ولی بو نمی‌دادم.»

«مگه بو می‌دید؟»

«نمی‌دونم. کاش می‌شد کمکم کنی ببینم بو می‌دم یا نه.»

سولاریس نزدیک شد و بو کشید.

«نه، بو نمی‌دید که.»

«نه، این‌جا رو نمی‌گفت که؛ فکر می‌کنم منظورش لای پاهام بود. یه جای خصوصی.»

«هاه؟»

«خب اگه بهم بگی که بو می‌ده یا نه ـــ»

«گری. یعنی چی؟»

«هیچ‌چی؛ فکر کردم شـاید حاضر باشی دست‌هام رو بو کنی و بهم بگی چه‌قدر بوی گند می‌دم.»

«نه؛ نمی‌خوام.»

«بی‌خیال. به نانسـی بگو چک هزینه‌های فروش رو هم کشـیده‌م . گذاشتمش لای پوشه.»

«چشم. البته می‌تونی از دئودورانت‌های قوی یا این کاندوم‌های بودار و طعم‌دار استفاده کنی.»

«ممنونم از راهنمایی‌ت، راستی فی نیومده؟»

«فکر نمی‌کنم اومده باشه؛ دیشـب که گندش رو درآورد. امروز تو تختش می‌مونه.»

«من هم با فی حرف زدم؟»

«چی؟»

«بی‌خیال.. به نانسی بگو من می‌رم خونه. سرم هنوز درد می‌کنه.»

در را که بست مادر داد زد «چتر رو گذاشته‌ی بیرون یا دوباره همون‌جور خیس‌خیس آورده‌یش تو راهرو؟» چتر را هل داد پشت قفسه‌ی کفش‌ها و گفت «بیرونه.»

«خونه‌ی خاله بت شده هشتصد تا؛ باورت می‌شه؟ اون‌سال صد تا هم کم‌تر خریدنش.»

مادرش چندسال بود که معتاد شده بود به کانال «ریل استیت» که مدام تبلیغ خانه نشان می‌داد.

«صبح زنگ زدم به رزالیندا ـــ مادرزن سابقت و گفتم که الان خونه‌ی قبلی‌شون شده هفتصد تا، نباید می‌فروختنش. سیصد تا ضررکرده‌ن.»

«کجا زنگ زدی بهش؟ مگه برگشته خونه؟»

«نه بابا؛ خونه رو که سال‌هاست جمع کرده‌ن. زنگ زدم خانه‌ی سالمندان رنگین‌کمان آبی ابدیت.»

«شناختت؟»

«فکر نمی‌کنم. بیش‌تر داشت گریه می‌کرد. تا بهش گفتم خونه رو نباید می‌فروختید و ضرر کردید شروع کرد به گریه کردن. طبیعی بود ناراحت بشه. خب؛ سیصد تا هم کم نیست واقعاً؛ اون هم ظرف ده سال.»

«الان ده ساله سالمندانه؟»

«آره دیگه. لگنش که جوش نخورد و خونه هم که کلی پله داشت و

دیدن باید بذارنش رنگین‌کمان آبی ابدیت.»

«پول خونه چی شد؟»

«دامادش چند سال بعد بالا کشیدش. از دختر رزالیندا هم که جدا شد. شنیده‌م الان تو بروکلین با زن جدیدش یه خونه‌ی خوب خریده.»

«از کی شنیدید؟»

«از پرستار رزالیندا. دامادش خیلی خوشگل بود. معلوم بود بی حساب‌کتاب با اون زنکیه‌ی بدترکیب ازدواج نکرده. پرستارها همه ازش خبر دارن. کاش من رو هم بی خبر نمی‌گذاشت. چه تیکه‌ای بود.»

مادر گرگور خندید. دندان مصنوعیِ از روی لثه‌ی پایین جابه‌جا شد. گرگور چندشش شد.

«یعنی الان لیندا با بچه‌ها تنهاست؟»

«حتماً. لیاقتش هم همینه. یادته هی اذیتت می‌کرد؟ بعد اون‌همه سال هم ولت کرد که بره با اون مرتیکه‌ی کلاش ــــ»

«ولم نکرد. توافقی جدا شدیم، دلش بچه می‌خواست و خب من نمی‌تونستم بچه‌دار بشم.»

«صد بار این رو گفته‌ی. پس به درک؛ بذار الان بشینه رو کون گنده‌ش و کیف بچه‌هاش رو ببره و بیاره.»

«الان بچه‌هاش چند سال‌شونه؟»

«بزرگه باید هفت سالش باشه. کوچیکه هم پنج سال.»

«پرستارها هم تلفن لیندا رو ندارن؟»

«نه، می‌گن کلاً گذاشته رفته. کسی هم نمی‌دونه کجا رفته. خیلی وقته سری به مادرش نزده. رزالیندا هم وسط گریه‌هاش گفت دلش برای نوه‌هاش خیلی تنگ شده.»

«کاش پیداش می‌کردم. فکر کنم حالا که بچه داره بتونیم یه‌جوری باهم بسازیم.»

«مگه این همونی نبود که می‌گفت بو می‌دی؟»

«نه، اون که ملانی بود.»

«ملانی؟ ملانی دیگه کدوم‌یکی بود؟ اوه گری، این کوچه‌ی عموت ایناست. یه بانگولو ببین چند! بفهمن خیلی خوش‌حال می‌شن. تازه این شمالیه؛ نه؟ مال اونا جنوبیه.»

«امشب می‌خوام زود بخوابم. دیشب کم خوابیده‌م.»

«ولی دیشب که زود اومدی خونه. من بیدار بودم اومدی. دوازده هم نبود. گـری؟ رفتی بالا دفتر تلفن من رو هم بنداز پایین. یا کنار تخت منه یا تو کشو میز کنار تختم یا کنار تخت خودت. یه زنگ به عموت اینا بزنم بگم جریان بانگلو رو. خوش‌حال می‌شن بفهمن. هرچی زنگ می‌زنم زنیکه می‌گه اشتباه گرفتی. شاید هم یادم رفته شماره‌شون. مگه می‌شه من شماره‌شون رو یادم رفته باشه؟ حافظه‌ی من تو حفظ کردن عدد و شماره تلفن عالیه.»

«نه، شماره که درسته، ولی اونا دوساله که رفتن فلوریدا.»

«چی؟»

«هیچ‌چی. حالا کجا هست دفترتون؟»

«یا کنار تخت من یا کنار تخت خودت.»

«تخت من؟»

«گاهی که نیستی می‌رم رو تخت تو می‌خوابم. پنجره رو باز می‌ذارم. اتاق خودم خیلی بوی سیگار می‌ده.»

گرگـور از پله‌ها بالا رفت. اتاق مادرش روبه‌روی اتاق خودش بود. سعی کرد نفس نکشد. اتاق بوی سـیگار و ویسکی می‌داد. کشو اول پاتختی را باز کرد. یک جعبه‌ی خالی شـش تایی خالی کاندوم با طعم ویسکی ته کشو بود.

هشدار

خوانـــدن این داسـتان برای کسـانی که **اوفیدیوفوبیا** دارند توصیه نمی‌شود. **اگر نمی‌دانید اوفیدیوفوبیا** چیســت احتمـالا این یک عارضـــه را ندارید. داسـتان را بخوانید اگر داشـــتید عود خواهد کرد.

در نیوبرانزویک
از سقف مار می‌چکد

آیدا چراغ را که روشـــن کرد پســـرها مرده بودند و مار خوابیده بود پایین تخت. چشمان و دهان هردو باز بود. قبل این‌که برود دستشویی از لای در اتاق‌شان را نگاه کرده بود و انگار هردو خوابیده بودند. وقتی نشسته بود روی کاسه‌ی توالت فکر کرده بود که اتاق بچه‌ها چه سردتر از همیشـــه بود. دوباره برگشته بود که روی بچه‌ها را بکشد و دیده بود که چشم‌هایشان باز است و اتاق از نبود نفسشان سرد است و چراغ را روشن کرده بود.

تا سه هفته بعد از مرگ پسرها و شنِیدن خبر شلیک پلیس به کینگ، مار پیتون بـــی‌آزار چهارونیم‌متری اِد، آیدا نتوانســـته بود حرف بزند.

صدایش در طول دو هفته‌ای که در بیمارستان بستری بود کمی برگشته بود.

در راه برگشت از گورستان آیدا با صدای خفه از اد پرسید برمی‌گردیم خانه؟

اد گفت بله عزیزم، دوست داری جای دیگه‌ای بری؟

گفت نه، همون خونه، بریم خونه.

از تکرار کلمه‌ی خانه حالش به‌هم خورد، ولی به اد چیزی نگفت.

گفت پدرشون جواب نداد، نه؟

اد گفت نه؛ مطمئنی انگلیسی بلده؟ فکر کنم نتونسته ای‌میل رو بخونه.

ـــ نباید توضیح می‌دادی، باید فقط می‌نوشتی سَم و سهراب مرده‌اند.

ـــ تلگرافی که نمی‌شه؛ به‌هرحال پدرشونه. خیلی بده همچین خبری رو این‌قدر خلاصه بگن. کمی از جریان رو هم نوشتم.

ـــ اشتباه کردی. اون الان کلمه‌ی مار رو دیده و چون زبانش خوب نیست لابد فکر کرده شوخیه.

ـــ هیچ‌کس با همچین چیزی شوخی نمی‌کنه.

ـــ اد، خود من هنوز فکر می‌کنم اینکه مار بچه‌های منو کشتــــه اونم تو این خراب‌شده‌ی متمدن یه شوخیه و سَم و سهراب الان با دوچرخه تو حیاط پشتی‌ان.

ـــ عزیزم.

ـــ به مینا گفتم اون زنگ نزنه، ولی شاید خودم بهش زنگ زدم. الان تهران ساعت چنده؟

ـــ اختلاف چه‌قده؟ هشت ساعت؟ می‌خوای از موبایلت نگاه کن.

ـــ صفحه‌ش خرد شده. تو پزشک قانونی که رفتی تو اتاق روشنش کردم که بهت زنگ بزنم. عکــــس بچه‌ها رو صفحه‌ش بود. همون که ازمون گرفتی. کوبیدمش زمین.

اد موبایلش را به آیدا داد.

ــ اد؟

ــ جانم؟

ــ عکس پشتش چیه؟ روشنش نکنم عکس اون هیولا باشه؟

ــ نه، هیچ عکسی نیست. همه‌ی عکس‌هاش رو پاک کردم. هیچ‌چی اونجا نیست.

ــ ولش کن. فکر کنم الان تهران یازده شـبه. لابد مسته. یازده شب پنج‌شنبه.

ــ خودت هم بهتره الان حرف نزنی. همین حالا هم زیادی حرف زدی و صدات دوباره داره می‌گیره. صبرکن برسیم خونه. یا فردا.

آیدا ســاکت شد. صفحه‌ی موبایل آبی بود. کناره‌های جاده‌ی روبرو هم ســبز سیر بود. آیدا سه سال پیش با پسرها از همین جاده آمده بود خانه‌ی اد. در یک ســایت دوســت‌یابی باهم آشنا شده بودند و اد سه بار بــرای دیدنش به پیتزبرگ آمده بود. در ملاقات اول پسـرها را به دخترخاله‌ش ســپرده بود و با اد بــرای رقص به کلاب محله‌ی لاتین رفته بود. اد بچه‌دار نمی‌شد و برای همین همسر اولش ترکش کرده بود ولی پســرها را خیلی دوست داشت. همیشه به سم قول می‌داد که یک روز یک تفنگ واقعی را نشــانش خواهد داد. آیدا روز دهم اوت سه سال پیش از فروشگاه تارگت استعفا کرد و پسرها را سوار کمری کرد و به خانه‌ی اد آمد. بچه‌ها مرتب سـؤال می‌کردند که کی بر می‌گردند؟ و آیا برای تولد جاناتان پسر همسایه‌ی پایینی در پیتزبرگ خواهند بود یــا نه؟ آیدا گفت فکر نمی‌کند حالا حالاها برگردند. «یه مدت طولانی می‌مونیم. خونه‌ی اد بزرگه و حیاط داره. همونجا هم می‌رید مدرسه.» سم گفت «بالاخره تفنگ واقعی رو می‌بینم». سهراب گفت «مدرسه چی می‌شه پس؟ دوستام؟ میس جودی؟»

«همین‌جا می‌ری مدرسه. این‌جا منطقه‌ی خیلی خوبیه، مدرسه‌هاش هم حیاط‌های بزرگ دارن. حتماً دوست‌های جدید پیدا می‌کنی.»

سم پرسید «مامان می‌شه من با تفنگ اد الکی شلیک کنم؟»

سهراب گفت «چه‌قدر ساده‌ای! تفنگ رو نشونت نمی‌ده. کی تفنگ رو می‌ده دست یه بچه که با گلوله بزنه مخ همه رو داغون کنه؟»

آیدا گفت «احتمالاً همه‌ی فشنگ‌هاش رو درمی‌آره.»

سهراب با دستش به سم شلیک کرد و گفت « بنگ‌بنگ. تفنگ بی فشنگ مثل انگشت‌های منه. الکیه. فایده‌ش چیه؟ الکیه»

سم گفت «الکی نیست. بزرگه.»

سهراب گفت «باشه بابا. بچه.»

سم گفت «من بچه نیستم.»

سهراب گفت «بابا چه‌طوری پیدامون می‌کنه اگه برگرده؟ اصلاً فکرش رو کردی؟»

آیدا گفت «شماره و آدرس رو دادم به مینا. از اون می‌گیره خب. بعدش هم بابا ای‌میل من رو داره و اگه خواست بیاد به من ای‌میل می‌زنه.»

سهراب گفت «تو مزرعه اینترنت دارن؟ تلویزیون چی؟»

آیدا گفت «داره. همه‌چی داره. دوتا ماشین بزرگ هم داره.»

سم گفت «و تفنگ واقعی. دو تا.»

سهراب گفت «بچه. مامان دیگه باید توخونه هم انگلیسی حرف بزنم»

سم گفت «من بچه نیستم»

آیدا گفت «نه می‌تونیم با هم فارسی حرف بزنیم. راستی جز تفنگ اد یه مار بزرگ هم داره؛ می‌دونستید؟ خیلی بزرگ. چهار متر. اسمش کینگه.»

در آینه پسرها را نگاه کرد. سهراب ساکت شده بود، پلک هم نمی‌زد.

سم گفت «مامان چهارمتر یعنی خیلی بزرگ؟»
سهراب گفت «خیلی بزرگ. قد ماشین؛ نه مامان؟»
آیدا گفت «دقیقاً. حتا بزرگ‌تر.»
سم گفت «نیش می‌زنه؟»
آیدا گفت «نه. پیتونه. یه جور مار بزرگ که نیش نمی‌زنه.»
سم گفت «می‌شه بهش دست بزنیم؟»
آیدا گفت «فکر کنم بشه. اد گفت که مار خیلی مهربونیه.»
سهراب گفت «تو نمی‌ترسی؟»
سم گفت «من بچه نیستم.»
سهراب با صدای مهربان گفت «نگفتم بچه‌ای. من هم شاید بترسم. خیلی بزرگه؛ نه مامان؟ بابا هم شاید بترسه. ولی اد نمی‌ترسه؛ نه مامان؟»
آیدا گفت « نه، نمی‌ترسه. مار از بچگی پیشش بوده. حتماً یادتون می‌ده باهاش دوست بشید.»
سهراب گفت « واو . خیلی باحاله. اگه بنجامین بفهمه کف می‌کنه.»
آیدا گفت «مک‌دونالد نگه داریم بریم غذا بخوریم؟»
سم گفت «آره. بریم، بریم.»
سهراب گفت «چی می‌خوره؟ کینگ چی می‌خوره؟ گوشت می‌خوره؟ آدم که نمی‌خوره؟»
آیدا یک‌سال‌ونیم بعد از به دنیا آمدن سم وقتی سهراب سه‌سال‌ونیمه بود از همسرش جدا شد. همسرش برگشت ایران و آیدا و پسرها در امریکا ماندند. هیچ‌کس نمی‌داند چرا آیدا و برزین از هم جدا شدند؛ حتا من که راوی این روایتم. حدس می‌زنم از هم بازنشسته شده باشند؛ یا شاید چون برزین از امریکا متنفر بود؛ یا از پدر بودن. ولی واقعاً جز حدسیات خودم دلیل دیگری نمی‌دانم. یک‌سال‌ونیم بعد از برگشتن برزین به ایران، آیدا با اد آشنا شد. برزین هیچ‌وقت برای دیدن پسرها

نیامد. گاهی روی تلفن یا اسکایپ با سهراب حرف می‌زد، ولی سم چیزی از پدرش به خاطر نداشت و به‌ندرت فارسی حرف می‌زد. برای سفر به امریکا قیمت بلیت خیلی گران می‌شد و برزین هم کار نمی‌کرد. برزین هم کم‌کم زندگی در امریکا را کاملاً فراموش کرد. هر بار که زنگ می‌زد می‌پرسید «اونجا ساعت چنده؟»

اد وارد راه باریک ماشین‌رو مقابل خانه شد. آیدا گوشه‌ی سمت راست را نگاه کرد. سرسره و تاب نبود. اد همه را جمع کرده بود.

اد گفت «می‌تونی؟ می‌خوای بریم خونه‌ی ماری و تیم؟»

لج کرد، مثل همیشه و گفت « آره می‌تونم. بالاخره چی؟» مثل وقتی که به برزین گفت برو من نگه‌شون می‌دارم. برزین گفت «سخته، گرونه. می‌تونی؟» و جواب داد «آره می‌تونم.»

خانه تاریک نبود. اد حتا تلویزیون را هم روشن گذاشته بود. صدای تلویزیون می‌آمد. آیدا کیفش را روی میز هال ورودی گذاشت، صدای جیغ‌دار پسربچه‌ای در تلویزیون گفت «مامان! بابا رفته تو ظرف نوتلا». آیدا تلویزیون را نگاه کرد. پسر بور سه چهار ساله‌ای ظرف نوتلایی را که یک مرد چهل‌ساله داخلش بود رو به مادرش تکان می‌داد. همه خوشحال و بور و خوش‌بخت و تمیز بودند و آشپزخانه آفتابی بود. زن با دندان‌های سفید خندید و دست کشید روی سر بچه. اد گفت «فاک.» و تلویزیون را خاموش کرد. آیدا فکر کرد بگوید «مهم نیست. بالاخره باید روبه‌رو بشم.» ولی نگفت. الان مهم بود. خانه تمیز بود.

«کی اومد تمیز کرد؟ تینا؟»

« تینا و دونفر دیگه.»

«چه‌قدر زیاد.»

«هان؟ کار زیاد داشت.»

«من نمی‌تونم برم بالا اد.»

«می‌دونم. پایین باش. چیزی از بالا می‌خوای برات بیارم؟»

« نه. هیچ‌چی نمی‌خوام. فقط بعداً باید یه حموم بزنیم پایین.»

«یعنی هیچ‌وقت دیگه نمی‌خوای بری بالا؟»

«نمی‌تونم.»

«می‌خوای گریه کنی؟ مینا می‌گفت گریه کمک می‌کنه. دکتر می‌گفت به‌خاطر داروها و شوک هنوز گریه نکرده‌ی.»

«می‌خوام، ولی نمی‌تونم. مال قرص‌هاست؛ نه؟ منگم.»

«هروقت خواستی بگو بریم سر خاک. اونجا شاید بتونی.»

«باشـــه. سنگ هم دارند؟ چی نوشته روش؟ نه، نگو. لپ‌تاپ رو هم از بالا می‌آری؟»

نشست پشت میز آشپزخانه. برای عادی کردن اوضاع عجله داشت. داد زد «اد چای می‌خوری؟» صدایش موقع داد زدن جیغ می‌کشید. اد جواب داد «آره، لطفاً.»

زیر کتری را روشن کرد. بیرون پنجره هوا داشت تاریک می‌شد. فکر کرد تا جوش آمدن کتری برود بنشــیند روی پله‌های پشت. در پشت آشپزخانه را باز کرد. هوا خنک بود. برنگشت تو. از روی بند رخت یک ملافه برداشت. ملافه را بادقّت نگاه کرد. ملافه‌ی بچه‌ها نبود. زرد ساده بود، ملافه‌ی اتاق مهمان. رفت ســمت باغچه‌ها. تره‌ها خوب درآمده بودند، تربچه‌ها هم. یک تربچه چید و خورد. خاک قسـمت بزرگی از پشت باغچه‌ی سبزی‌جاتش بین تربچه‌ها و شمشادها بیل خورده بود. دست برد بین بوته‌های شمشاد. یک صلیب خیلی کوچک بود. صلیب را قایم کرده بودند بین بوته‌های شمشـاد. احتمالاً سر مار آن‌جا بود. ته تربچه را تف کرد. رفت داخل گاراژ و تفنگ اد را برداشت.

تو آشپزخانه اد داشت چای دم می‌کرد. گفت «صدای سوت کتری تا

سرخیابون ...»

اد گفت «چی شده؟ حیوان دیده‌ی؟ شغال؟»

آیدا گفت «پشت سبزی‌ها خاکش کرده‌ی؟»

اد گفت «آره. چی‌کارش می‌کـردم؟ پلیس نمی‌بردش. یعنی می‌برد، ولی ۲۰۰ دلار پول می‌گرفت.»

آیدا گفت «کثافت. صلیب گذاشتی براش؟ صلیب؟ که رستگار بشه؟ کثافت.»

تفنگ را گرفت به سمت اد.

اد گفـت «آروم باش عزیزم. ناخودآگاه بود. فقط می‌خواسـتم یادم باشه کجاست. صلیب نیست. یه علامته. می‌برمش. می‌گم ببرنش. می‌دم بسوزوننش.»

آیدا گفت «کثافت. لجن. وحشی. کی مار نگه می‌داره جز تو امریکایی وحشی لجن؟»

اد گفت «آیدا قرصت رو بیارم؟»

آیـدا گفت «فکر می‌کنی شـوخی می‌کنم؟ می‌کشـمت. برام دیگه هیچ‌چی مهم نیست.» صدایش تبدیل به جیغ زیری شده بود.

اد گفت «نه، می‌دونم شوخی نمی‌کنی. می‌دونم. حق هم داری. البته حق نداری من رو بکشی، ولی حق داری خیلی حالت بد باشه.»

آیدا تفنگ را گذاشت روی میز. نشست روی صندلی. زل زد به چراغ سقف. چشمش آب آورد. «اد؟ کاش گریه می‌کردم.»

اد بغلش کـرد «کاش. می خوای برم دنبال مینا؟ شـاید اگه با یکی فارسی حرف بزنی... می‌خوای تو یوتیوب آهنگ عزاداری گوش کنی؟»

آیدا گفت «اد؟ من برمی‌گردم ایران. پیش برزین. هنوز تا چند سـال می‌تونم بچه‌دار شم. با تو که شانسی ندارم. دست به اون هم نزن. بذار بمونه تو باغچه پشت سبزی‌ها. برام وسایلم رو جمع می‌کنی؟ با اولین

بلیتی که پیدا بشه می‌رم. بچه‌ها بمونن این‌جا. تو گاهی بهشون سر بزن. شــاید اون‌جا دوباره زاییدم‌شون. شاید برگشتم. نه؛ برنمی‌گردم. وقتی نمونده.»

اد نازش کرد. «می‌فهمم. می‌فهمم. نمی‌خوای مطمئن بشــی برزین هنوز مجرده؟»

آیدا با صدایی خفه گفت «نه، مهم نیســت. مجرده. فکر کنم باشه. تا چندماه پیش که بود.»

اد گفت «فردا صبح عزیز دلم. فردا صبح می‌ریم دنبال بلیت.»

آیدا را بغل کرد.

آیدا سرش را روی سینه‌ی اد جابه‌جا کرد «فشنگ نداشت؛ نه؟»

اد گفت «نه عزیزم. هیچ‌وقت فشــنگ نداشته. تو کل این خونه یه فشنگ هم نیست. می‌ترسیدم پسرها موقع بازی هم‌دیگه رو ناکار کنند.»

آیدا گفت «خودشون هم می‌دونستند؟»

اد گفت «نه. اگه می‌دونســتن که دیگه لــذت نمی‌برن. فرقی با یک تفنگ اسباب‌بازی نداشت. همه‌ی لطفش به خوف‌اش بود. اینکه فکر می‌کردند با نظارت من دارن به یه تفنگ واقعی دســت می‌زنن. تفنگ خالی هیچ فرقی با این نداره.»

با دستش دوتا شلیک کرد به طرف تفنگ روی میز.

کریستوفر را به خاطر داری؟

کریستوفر، همسایه‌ی خانه‌ی بغلی، دو ماه پیش مرد. وقتی من ایران بودم. تازه دو هفته بعد از برگشتنم فهمیدم. با اینکه هرروز نانسی را دم در می‌دیدم که سیگار می‌کشد، ولی هیچ‌وقت فکرش را نمی‌کردم که کریستوفر ممکن است مرده باشد. تمام پنج زمستان قبلی هم کریستوفر را نمی‌دیدم. معمولاً ساعت نه می‌رفت سرکار؛ وقتی من حداقل نیم‌ساعتی بود که پشت میزم در مرکز شهر نشسته بودم و اخبار بیات‌شده را در روزنامه‌های ایران می‌خواندم. کریس ساعت سه برمی‌گشت؛ وقتی که احتمالاً من شروع کرده بودم به خمیازه کشیدن. شب‌ها فقط از نور سفید تلویزیون شصت اینچ روی پرده می‌فهمیدم که بیدار است. نانسی تلویزیون نگاه نمی‌کرد؛ چون به‌خاطر قرص‌هایش قبل ازساعت هفت می‌خوابید. کریس هم هیچ‌وقت بعد از ساعت سه‌ونیم که به

خانه می‌رسید بیرون نمی‌آمد. ولی تابستان‌ها می‌دیدمش. روزهای آخر هفته‌ی تابستان با پاهای برهنه و پر از رگ‌های آبی روی چمن جلویی راه می‌رفت و علف‌های هرز را می‌کند. تا قبل از این‌که خانه رابرت را دزد بزند فقط در مورد خوب بودن یا بارانی بودن هوا باهم حرف زده بودیم. بعد از دزدی رابرت یک‌بار دم خانه‌ی من آمد تا بپرسد احیاناً دزد جواهرات همسرش و مشروب‌های گران‌قیمت خودش را ندیده‌ام. روی پله‌های چمن ورودی نشسته بودم. گفتم نه؛ کسی را ندیده‌ام. رابرت گفت خیلی جالب است که تا قبل از آمدن چند خانواده‌ی مهاجر به این محله‌ی خوش‌نام از این دزدی‌ها خبری نبوده. چیزی نگفتم. همان حضور خونسردم با لیوان چای ایرانی روی پله‌های چمن جلویی درست روبه‌روی آن چشمان آبی بهترین انگشت وسطی بود که می‌شد به رابرت نشان داد. جمله‌اش را دوباره تکرار کرد. فکر کرد شاید زبانم برای درک این کنایه ضعیف است. نگاهش کردم و گفتم به‌هرحال دزد خونه‌ت حتماً مال خاورمیانه نبوده، اون‌ها مسلمون‌های سفت‌وسختی‌ان؛ شاید دزدی بکنن ولی امکان نداره سه بطری کنیاک رو که در اسلام حرامه بدزدن.حرام را هم به عربی گفتم که عمق مسئله را بفهمد. کریس که خم شده بود یک گل زرد هرز را بچیند با صدای بلند خندید.

فکر کنم بعد از دزدی خانه‌ی رابرت بود که من و کریس باهم دوست شدیم. آنقدر نزدیک شدیم که جز وضعیت آب و هوا درمورد خودمان هم باهم حرف زدیم. او می‌دانست که من از موش می‌ترسم و من می‌دانستم او یک وکیل بازنشسته است که کماکان روزی شش ساعت کار می‌کند. او می‌دانست من طلاق گرفته‌ام و با پسر ده ساله‌ام تنها زندگی می‌کنم و من می‌دانستم که همسرش نانسی بعد از مرگ پسر نوجوان‌شان در سال ۱۹۹۳ دچار افسردگی حاد شده. او می‌دانست

که من توهّم دارم که پدر پسرم یک روز بچه را بدزد و ببرد ایران و من می‌دانستم که او هروقت این اتفاق بیفتد مجانی وکالتم را به‌عهده خواهد گرفت.

همه‌ی روابط تابستانی ما اواخر نوامبر تمام می‌شد و از اوایل آوریل از سرگرفته می‌شد. کریس از زمستان متنفر بود. می‌گفت از کفش‌های سنگین زمستانی، از برف، از هر چیزی که پاهایش را سنگین می‌کند متنفر است. با یک شرکت برف‌روبی قرارداد بسته بود که ورودی پارکینگ خانه‌اش را بعد از هر برف تمیز کنند. یک‌بار به من گفت که اگر نیما دوست دارد می‌تواند ده دلار بابت پارو کردن راه باریک دم ورودی کاسب شود. عصر از نیما پرسیدم دوست داری راه باریک ورودی خانه نانسی و کریس را پارو بکنی و ده دلار بگیری؟ نیما داشت بند سفید کفش‌هایش را با بندهایی پر از طرح جمجمه عوض می‌کرد که گفت ده دلار؟ با ده دلار یک ساندویچ هم نمی‌شه خورد. خسیس پول‌هاش رو برای چی نگه داشته؟ گفتم لابد نرخش همینه. گفت نرخش؟ مک‌دونالد بیش‌تر حقوق می‌ده. گفتم راست می‌گی، نکن. من هیچ‌وقت با پسرم بحث نمی‌کنم. می‌ترسم از من دل‌گیر شود و برود پیش پدرش. اوایل دسامبر بود و می‌دانستم شانس تصادفی دیدن کریس محال است. در خانه‌شان را زدم. تا مچ تو برف بودم و مثل یک احمق با دمپایی رفته بودم در خانه‌شان. نانسی در را باز کرد. گفتم کریس هست؟ گفت آره، ولی داره تلویزیون می‌بینه، برنامه مورد علاقه‌ش. کارت مهمه صداش کنم؟ چی شده با دمپایی اومده‌ی بیرون؟ نکنه بچه‌ت رو بالاخره پدرش برد؟ گفتم نه. نانسی بعد از مرگ بچه‌ش در مورد هر دغدغه‌ی ذهنی کم‌تر از غرق شدن یک نوجوان سیزده ساله در دریاچه با لحن تحقیرآمیز حرف می‌زد. گفتم کریس از نیما خواسته بود که ورودی خانه شما رو پارو بکنه، خواستم بگم نیما

نمی‌رسه، درس داره. نانسی گفت ولی ما خودمون برف‌روب قراردادی داریم. امکان نداره کریس همچین خواهشی از پسرت کرده باشه. گفتم می‌دونم، برای راه ماشین‌رو نمی‌خواست، برای راه باریک می‌خواست. نانسی گفت راه باریک را هم پارو می‌کنن. اون‌ها با دستگاه تو ده دقیقه جلو در رو تمیز می‌کنن. سردم بود. گفتم می‌دونم، به‌هرحال به کریس بگو نیما نمی‌رسه. گفت باشه.

تمام ژانویه هیچ راهی نبود که بفهمم کریس زنده است یا مرده. خودش که این وقت ســال از خانه بیرون نمی‌آمد. پارچه‌ی ســیاهی هم دم در نبود. ابروهای نانســی هم مثل زن‌های عزادار خاورمیانه‌ای پر نشده بود. سه هفته بعد از برگشتن من و نیما از ایران نانسی داشت جلو در سیگار می‌کشید. ماشین را روشن کرده بودم که گرم بشود و با کاردک یخ روی شیشه جلو را می‌تراشیدم. به نانسی گفتم خیلی سرده. جدی خیلی باید عاشق سیگار باشی که بتونی تو این هوا بایستی بیرون. گفت آره می‌دونم. نمی‌دونم چرا دارم هنوز این بیرون سیگار می‌کشم؛ حالا که کریستوفر مرده دیگه می‌تونم تو بکشم. عادته دیگه. فکر کردم اشــتباه شنیده‌ام یا شاید زبانم برای درک این کنایه ضعیف است. گفتم چی؟ کریس چیزی‌ش شــده؟ گفت نمی‌دونســتی؟ البته از کجا باید می‌دونستی؛ کریستوفر اواخر دسامبر مرد. سه روز بعد کریسمس. سکته کرد. بغض کردم و فقط گفتم متأســفم. گفت می‌دونم. ســیگارش را خاموش کرد و رفت تو.

بیست‌وســه روز بعد قرار بود برف سنگینی بیاید. تقریباً سی سانت. هنوز ساعت هشت نشده بود و پنج سانتی‌مترش نشسته بود. تازه پارو کردن جلو گاراژ را تمام کرده بودم . نانسی روی پلکان ورودی ایستاده بود و سیگار می‌کشید.

گفتم اگه برف‌روب‌ها راه باریکه رو پارو نکردن خودت دست نزن.

من و نیما عصر می‌آییم برات پارو می‌کنیم.

گفت باشـــه. ممنون می‌شم؛ راه باریک رو هیچ‌وقت پارو نمی‌کنن، من هم جدی می‌ترسم بخورم زمین لگنم بشکنه.

گفتم می‌دونم، تو بهش دست نزن، من و نیما تا پنج برمی‌گردیم.

گفت همیشه کریستوفر پارو می‌کرد.

گفتم می‌دونم.

گفت یادته از برف و چکمه متنفر بود؟

گفتم یادمه.

گفت یادته عوضش می‌مرد برای تابســـتون؟ عین بچه‌ها به‌زور و تهدید باید از زیر آفتاب می‌کشیدمش تو مرد گنده رو.

گفتم آره. نانســی باور کن گاهی فکر می‌کردم عمداً تخم علف هرز می‌کاره که بیش‌تر بهانه داشته باشه بیرون بمونه.

نانسی خندید. گفت تابستون رو خیلی دوست داشت، قدیم‌ها که شهر هم نمی‌موند همه‌ی تابستون رو تو کلبه سر می‌کرد؛ کلبه‌ی شمال‌مون حوالی واشاگامی.

گفتم معلوم بود چه‌قدر تابستون رو دوست داره.

گفت حیف شد تابستون امسال رو ندید. ما کانادایی‌ها یه مثلی داریم که وقتی زمستون خیلی سرد باشه، تابستون جهنمه. تابستون امسال یه تابستون کریستوفرپسند می‌شه با این زمستون مزخرف.

گفتم حیف.

گفت یادته چه‌قدر از رابرت متنفر بود؟

گفتم آره، چشـــم دیدنش رو نداشت. از گل‌های زرد هم بیشتر رو اعصابش بود.

نانسی بازهم خندید. گفت یادته چه‌قدر شنا کردن رو دوست داشت؟

گفتم آره یادمه.

گفت یادته بعد مرگ بن دیگه پاشو تو آب نذاشت؟ هیچ کار لذت‌بخشی نکرد. حتا من رو هم بغل نکرد. نبوسید. فقط کلید کرد روی این گل‌های زرد این یه وجب چمن.

چیزی نگفتم.

گفت یادته چه یه‌دنده‌ای بود؟ اگه فقط یه‌بار دیگه باهم می‌خوابیدیم هنوز شانس بچه‌دار شدن داشتم. من سال نودونه یائسه شدم. شش سال وقت داشتیم بعد مرگ بن. الان می‌تونست هم‌سن پسر تو باشه، نِما. یادته چه یه‌دنده‌ی خودخواهی بود؟ فقط اگه یه‌بار دیگه باهم می‌خوابیدیم شاید الان یکی بود این راه باریکه‌ی کثافت رو پارو بکنه. به من می‌گفت افسرده ولی خودش بدتر بود. یادته شب‌ها تو خواب گریه می‌کرد؟

گفتم یادمه.

دودی که از دودکش خارج می‌شود دکتر برایان مَهون است

برای آ.

ساعت هفت صبح یک‌شنبه در سردخانه‌ی اداره‌ی پلیس منطقه‌ی ۱۲ جنازه‌ی مردی را شناسایی کردم که یک سال گذشته، هر جمعه، ساعت پنج عصر، بعد از شـــروع شیفت کاری همسرش، به خانه‌ی من می‌آمد و دو صبح یکشـــنبه، قبل از برگشتن همسر پرستارش از بیمارستان، به خانه برمی‌گشت. یک سال هر هفته سی‌وسه ساعت مرد کنار من بود. می‌گفت جز شـــنبه‌ها روزهای دیگر هفته را کار می‌کند. جمعه‌شب‌ها باهم شام می‌خوردیم یا سینما می‌رفتیم و تمام روز شنبه را روی تخت

و مبل سرمی‌کردیم. برایان ساعت سه صبح روز یک‌شنبه به علت مستی و ضعف بینایی با ماشین فیات کوچک و کم‌مصرفش در چاله‌ی بزرگ شهرداری در زیر پل گاردنر افتاده بود و بین سقف فیات و درها له شده بود.

در سردخانه هنوز عینکش دستم بود. خواب‌مان برده بود؛ کنار یا در آغوش هم و احتمالاً مثل همه‌ی شنبه‌شب‌ها کمی هم مست. حتماً دیرش شده بوده و نخواسته بوده چراغ را روشن کند. شماره‌ی چشم چپش بیست‌وپنج صدم آستیگمات بود و چشم راستش صفر. موقع رانندگی و هیچ کار دیگری عینک لازمش نمی‌شد و گاهی که برای اعتیاد به عینک بیست‌وپنج صدمی مسخره‌اش می‌کردم می‌گفت «باور کن نمی‌زنمش چون با عینک دکترترم، خیلی تار می‌بینم بدون عینک عزیز دلم.» موقع رفتن بیدارم نکرده بود؛ یا برای بدخواب نکردن من، یا برای التماسی که این دو هفته‌ی آخر کرده بودم «برایان، لطفاً یه‌کم دیرتر برو. نمی‌دونم چرا، ولی نصفه‌شب که می‌ری اذیت می‌شم. حس بدی دارم. لطفاً صبح برو.» بیدارم نکرده بود و عینکش جا مانده بود زیر کتاب من، روی پاتختی سمت راست. من سه ساعت قبل از صدای زنگ تلفن پلیس خودم بیدار شده بودم و خیره به سقف فکر کرده بودم این رابطه‌ی بیمار را تمام خواهم کرد.

هر یک‌شنبه حوالی ساعت سه صبح بیدار می‌شدم. انگار تنم کم‌کم سرد شدن سمت برایان را حس می‌کرد. وقتی بیدار می‌شدم که ملافه‌ی سمت راست تخت سرد سرد بود. از سه تا چهار صبح به حداقل ضعف و حداکثر قدرتم می‌رسیدم. در تاریکی آینه مقابل تخت‌خواب خودم را نگاه می‌کردم و فکر می‌کردم چرا تن داده‌ام به این رابطه‌ی نیمه‌کاره‌ی سی‌وسه ساعته؟ زنش را دوست دارد که با اینکه می‌داند او ساعت هشت برمی‌گردد دو صبح می‌رود که دوش بگیرد که بوی تن من را

ندهد و تخت برای حضور زنش گرم باشد تا شک نکند. چرا منتظرم که انتخاب شوم؟ حس می‌کردم زن قشنگی هستم ولی نمی‌دانستم زن برایان چه شکلی‌ست. اگر ایرلندی باشد که حتماً بور و چشم‌آبی‌ست و برایان احتمالاً زن‌های مومشکی‌ای مثل من را دوست ندارد. شکمم را در آینه از چیزی که بود تخت‌تر می‌کردم و از خودم متنفر می‌شدم که در برابر ظاهر زنی که نمی‌دانم کیست احساس ضعف می‌کنم. تکرار می‌کردم که من خیلی‌خوب و باهوشم و گاهی برای خودم گریه می‌کردم. یک‌شنبه‌صبح‌ها احتمالاً از سه تا سه‌وربع، یا سه‌ونیم، گریه می‌کردم و بعد مثل یک دیوانه به نقطه‌ی اوج قدرتم می‌رسیدم و با صدای بلند می‌گفتم «به درک! فردا تمامش می‌کنم. فردا جواب تلفنش را نمی‌دهم و تمامش می‌کنم. می‌روم دنبال کسی که مرا تمامو کمال بخواهد.» فکر می‌کردم صبح فردا همه‌ی نشانه‌هایش را در سطل زباله خواهم ریخت و چشم‌هایم را می‌بستم تا خودم را در آینه نبینم و نفسم را رها می‌کردم تا شکمم به جای همیشگی‌اش برگردد. از فکر ندیدنش گاهی بغض و گاهی هم گریه می‌کردم. وقتی به همه‌ی حرف‌هایی فکر می‌کردم که فردا قبل از تمام کردن رابطه‌مان به برایان خواهم زد، نور سحرگاه یک‌شنبه از بین پرده‌های سفیدی ــ که هیچ‌وقت روی هم نمی‌آمدند ــ می‌افتاد روی تخت، روی من و روی بالشی با رد فرورفته از وزن سر برایان. بعد خوابم می‌برد.

پشت در سردخانه روی نیمکت نشستم. افسردستمال تعارفم کرد و گفت «متأسفم که مجبور شدید کار سختی رو قبول کنید. کسی رو نداشت و ما ناچار زنگ زدیم به آخرین شماره‌ای که با تلفن همراهش گرفته بود.» گفتم «کاش با همسرش تماس می‌گرفتید. لابد الان شیفتش هم تمام شده و نگرانه. من که کاره‌ای نیستم؛ فقط عاشقش بودم و فکر می‌کنم برایان هم از من خوشش می‌اومد.» گفت «خانم عزیز؛ می‌دونم

چهقدر سخته. فکر میکنم شـما هم بیخوابید هم شـوکه شدید. قبل از اینکه با شـما تماس بگیریم گذشتهی دکتر برایان مَهون رو بررسی کردیم. دکتر مهون بعد از مهاجرت از ایرلند به کانادا هیچوقت ازدواج نکرده بودند و تا اونجایی که اطلاعاتشون نشون میداد همیشه مجرد بودهاند. آدرس خونهش رو هم پیدا کردیم و قبل از اینکه با شما تماس بگیریم سری به خونهش زدیم. کسی خونه نبود. سرایدار نابینا ساختمان گفت دکتر سالها تنها زندگی میکرده و هفتهای دو روز، یکشنبهها و چهارشنبهها، به یک کلینیک شبانهروزی در برمتون میرفته. تنها کسی کـه تو اون آپارتمان با دکتر مهون زندگی میکرده سـگش بوده، لونِر. ســرایدار گفت هر هفته چهل دلار از دکتر میگرفته و لونر رو شنبهها صبح زود و عصرها سـاعت چهار برای قـدم زدن میبرده. لونر الان بالاست. بیتابی میکرد و همسایهها هم عاصی شده بودن.»

دستمال دوم را از افسر گرفتم.

لونر را فرستادند پناهگاه. بهعنوان تنها آشنای نزدیک انتخاب سرنوشت بعد از مرگ جنــازهی برایان با من بود. بهدروغ گفتم وصیت کرده که سوزانده شود. او را خواهند سوزاند.

عشق من
سیفون رو نکش
گوهر خواب است

تا اواخر سال دوهزار ساکن طبقه‌ی دوم خانه‌ی دوطبقه‌ای در کویین
و رویال‌یـــورک اتوبیکو بودم. بعد از مرگ صاحب‌خانه‌ام گوهر نینایف
بـــه خانه‌اش که طبقه‌ی اول بود نقل مـــکان کردم. طبقه‌ی اول بزرگ‌تر
و نونوارتر و مجهز به ماشـــین ظرف‌شویی و لباس‌شویی با خشک‌کن
بـــود. نقل مکانم ابداً به خاطر امکانات طبقـــه‌ی اول نبود، به‌خاطر این
بود که دیگر نمی‌شـــد در طبقه‌ی دوم زندگی کرد. جنازه‌ی گوهر بین
تخت‌خواب و کمد اتاق‌خواب افتاده بود و به‌خاطر وزن بالای دویست

کیلوگرم به‌تنهایی نمی‌شد تکانش داد. می‌دانستم به‌زودی متعفن می‌شود و برای همین یک طبقه پایین رفتم. با این‌که در اتاق‌خواب طبقه‌ی بالا و در خانه را بسته بودم و تمام پنجره‌ها باز بودند، تا چند هفته حتا طبقه‌ی اول را هم بوی غلیظ و آزاردهنده‌ای گرفته بود. روزها سر کار بودم و شب‌ها سعی می‌کردم با پنجره‌ی باز بخوابم تا بو خیلی اذیتم نکند. نمی‌دانم من به بو عادت کردم یا زمستان زودرس و خیلی سرد سال دوهزار بوی جنازه را کم‌تر کرد.

گوهر، صاحب‌خانه‌ی آذربایجانی‌الاصل من، زنی ۵۸ ساله بود که سی سال قبل از مرگش با همسرش عاشیگ طاهر به کانادا مهاجرت کرده بود. گوهر کارمند بازنشسته‌ی اداره پست بود که در ٤٨ سالگی موقع دسته‌بندی نامه‌ها در قفسه از چهارپایه افتاد و گردنش شکست. گوهر زن فربهی بود. خودش می‌گفت از وقتی یادش می‌آید وزنش بین صدوهشتاد تا دویست‌وبیست کیلو بوده. در چند سالی که مستأجرش بودم حتا یک‌بار هم نتوانست همه‌ی پله‌ها را بالا بیاید و به جای تهمت زدن با چشمان خودش ببیند که در خانه مرد نگه نمی‌دارم. شاید برای همین بالای چهارپایه رفتنش در اداره‌ی پست همیشه برای من سؤال بود. بعد از این حادثه تا چندسال بیمه پول خانه‌نشینی گوهر را داد و بعد هم با بازنشستگی زودتر از موعدش به‌خاطر صدمه موافقت شد و گوهر دیگر سر کار نرفت. خانه را گوهر و طاهر بیست سال پیش خریده بودند و گوهر می‌گفت آن روزها فقط آن کاباره‌ی لختی‌ها در این سمت خیابان بوده. همان سال دوهزار هم جز خانه‌ی گوهر و کاباره‌ی لختی‌های «کلوب مردان نیمه‌شب» هیچ خانه‌ی دیگری در انتهای خیابان نبود. مردم با حفظ فاصله‌ی زیاد از کلوب مردان خانه ساخته بودند که عربده‌ی مردان مست در نیمه‌شب مزاحم خواب‌شان نشود. گوهر و همسرش

خانه را مفت خریده بودند و همان پانزده ســـال اول تمام قسط‌هایش را داده بودند. عاشیگ طاهر یک‌سال بعد از پرداخت کامل قسط‌های خانه پشت فرمان تاکسی‌اش با یک تریلی هجده چرخ تصادف کرد و مرد.

ــــ همون موقع از کارت اعتباریم پول برداشـــتم و جنازه‌ی طاهیر رو فرستادم باکو.

ــــ چرا؟

ــــ برای مادرش و خواهراش. برسه به اونا که فکر می‌کردن من طاهیر رو این‌جا نگه داشته‌م. اون‌ها که می‌مردن براش و همه‌ی این بیست سال زیر پاش نشسته بودند که من را طلاق بده چون بچه‌ام نمی‌شه.

ــــ خبردادی به‌شون که جنازه‌ی برادرشون تو راهه؟

ــــ نه، خود اداره پســـت، پست که نه، شـــرکت حمل هوایی جنازه خبر می‌ده. لابد زنگ می‌زنه می‌گه تشـــریف بیارید جنازه دارید. همه‌ی هزینه‌هـــا را دادم که حرفی توش نباشـــه. حتا هزینه‌ی کفن‌ودفن را هم فرستادم که همون‌جا خاکش کنن.

ــــ پی‌گیری کردی که تحویل‌شون دادن یا نه؟

ــــ آره. رسید دست‌شـــون. خواهرش زنگ زد یه هفته بعدش و داد می‌زد که پاهای برادرم کو؟

ــــ پاهاش؟

ــــ آره. گویا پا نداشته. من که جنازه رو ندیدم. نرفتم پزشک‌قانونی. انـــگار من تکون می‌تونم بخورم با این وزن. پزشـــک قانونی هم کجا؟ اوک‌ویل.

ــــ زنگ زدی؟

ــــ زنگ زدم. تو پرونده گویا نوشته بوده که پاها چون از زانو به پایین به شدت له شده بودن در یک کیسه‌ی جداگانه و جدا از بدن نگه‌داری

می‌شده. کیسه را با تابوت نفرستاده بودن. مونده بوده فرودگاه پی‌یرسون تو سردخانه. یه سری بی‌عرضه را گذاشته‌ن تو فرودگاه. اداره‌ی پست اسمش بد دررفته در گم‌وگور کردن بسته‌های مردم.

ـــ آدم باید بالا سر هرچی که هوایی می‌فرسته باشه. چمدون آدم زنده رو گم می‌کنن چه برسه به متعلقات آدم مرده. پاهای آقای طاهیر را فرستادی برای خانواده‌اش؟

ـــ بالاسرشون بودم هم فرقی نمی‌کرد. فکر می‌کنی در تابوت رو می‌زدم بالا نگاه می‌کردم ببینم همه‌چی سرجاشه؟ نه، نمی‌کردم. بعدش هم دیگه پی‌گیر نشدم. خودشون می‌ندازن دور لابد. پا می‌خواد چی‌کار؟ کجا می‌خواد بره؟ من الان پا دارم. کجا می‌تونم برم؟ همین تا دست‌شویی به‌زور. دوهزار و چهارصد تا می‌گرفتن کیسه‌ی پاها رو بفرستن. برای جنازه هم هشت‌هزار تا گرفته بودن. نداشتم. زن بیوه‌ی بازنشسته از کجام می‌آوردم؟

ـــ حق با توئه. خیلی پوله. خواهراش زنگ نزدن پی‌گیر پاهاش بشن؟

ـــ جواب ندادم. چندتا پیغام نفرین برام گذاشتن و آخر هم فکر کنم همون‌جوری دفنش کردن. لابد خسته شدن. قبل این‌که بری سر کار بیرون نمی‌ری؟

ـــ چرا، می‌خوام برم قهوه بخرم. قیمت فرستادن جنازه رو چه جوری حساب می‌کنند؟

ـــ پس لطفاً با کارت خودم یک کیک پنیر هم بگیر. نمی‌دونم تعرفه‌اش چه‌طوری حساب می‌شه. هر طور حساب می‌کنن امیدوارم کیلویی نباشه. طاهیر هفتاد کیلو بود شد هشت‌هزار تا، فکر کن من می‌شم حدود بیست‌هزار تا.

ـــ شما هم دوست دارید بعد مرگ باکو دفن بشید؟

ـــ متنفرم از اون‌جا. همین‌جا دفنم کنید. قبرستون هم نمی‌خوام.

همین حیاط پشـــتی که گوشت تنم کود بشـــه برای اون درخت ژاپنیه. بستنی وانیلی هم بگیر برای کنار کیک.

مسئول تمام کارهای اداری و حیاتی گوهر من بودم. کارت‌های بانک و اعتباری‌اش دست من بود و همه‌ی خریدهایش را هم انجام می‌دادم. قبل از آمدن من به طبقه‌ی بالا گوهر یک خدمت‌کار داشت که هفته‌ای دو روز می‌آمد و خریدهایش را می‌کرد. بعدها که صمیمی شدیم از من خواست کارهای خانه‌اش را انجام بدهم و درعوض کم‌تر اجاره بدهم. یک‌روز کم‌تر ســـرکار می‌رفتم و در روز تعطیلم خانه‌ی گوهر را تمیز می‌کردم. گوهر آشپزی می‌کرد. با پاهای برهنه و سنگینش به‌سختی راه می‌رفت و با عصای ســـه‌پایه‌اش در آشپزخانه کنار گاز می‌ایستاد. آواز می‌خواند و غذا می‌پخت.

ـــ بمیرم برات دختر. کجا عکسش رو دیدی؟ تو فیس‌بوک دیدیش؟

ـــ آره. علی که همه‌چی رو به روم بسته ولی یکی از عکس‌های خواهر علی باز بود برای همه. یاشار خیلی بزرگ شده.

ـــ به من هم نشونش بده.

ـــ ذخیره‌اش کردم. از ترســـم که نکنه برش دارن. چشـــماش عین چشم‌های خودمه. رفتم بالا آی‌پدم رو می‌آرم ببینید.

ـــ پدرش ازدواج نکرده؟

ـــ نه، فکر نکنم. شاید هنوز منتظره من برگردم.

ـــ برنگرد. چه خبره اون‌جا؟ زن باشی اون‌جا بدبختی. خیلی دوستت داشـــت انقدر راحت گذاشتت کنار؟ برگردی چی‌کار؟ یاشار هم که از یادت رفته.

ـــ نـــه، کجا یادم رفته؟ به روم نمی‌آرم. بچـــه هیچوقت از یاد مادر

نمی‌ره.

ــــ لابد نمی‌ره. منِ نازا محبت مادری چه می‌فهمم؟ تو که نازا نیستی؛ از همین مردی که بالاَ نگه داشتی چرا بچه‌دار نمی‌شی؟ تا چهل‌وپنج جا داری برای بچه‌دار شدن. بجنب تو این دوسال بچه‌دار شو.

ــــ ناراحت شدید؟ منظور بدی نداشتم. ضمناً مردی بالا نیست گوهرجان. این صدبار.

ــــ تمام شب صداش می‌آد. ماشاالله هم صدای اون هم صدای تخت‌تون. بدتر از من از خونه هم بیرون نمی‌ره؛ نه؟

ــــ هیچ‌کس نیست.خودتون بیایید ببینید.

ــــ می‌آم. یه‌روز سرزده می‌آم. پادردم بهتر بشه می‌آم. دیروز تو سرکار بودی از صبح تلویزیون روشن نکردم گوش کردم بهش. هرچی منتظر موند صدای تلویزیون بلند بشه به مقصدش نرسید. بالاخره ساعت ده صدای شاشیدنش رو شنیدم. ولی انقدر زرنگه که سیفون رو نکشید. ان و شاشش رو می‌ذاره تو بیای سیفون رو بکشی که من شک نکنم.

ــــ کسی بالا نیست جز من. بگید الن بیاد ببینه.

ــــ کدوم الن؟ همسایه‌ی سر کوچه؟ همین مونده که اون الن و اون زن پتیاره‌ش بفهمن من فلج شده‌م خودم نمی‌تونم بیست تا پله برم بالا. فردا تو نباشی میان تیکه‌تیکه‌ام می‌کنن دارونداراَم رو می‌برن. نه، همون بخوام از پشت خنجر بخورم هم بذار از تو و اون فاسقت بخورم.

من ۱۵ سال از گوهر کوچک‌تر بودم. زمان مرگ گوهر ۴۳ ساله بودم و فروشنده‌ی پاره‌وقت فروشگاه «البسه‌ی کودکان گپ». هشت سال قبل از مرگ گوهر با همسر و پسرم از تبریز به ترکیه رفتم تا با قاچاق‌چی و پاسپورت جعلی به امریکا یا اروپا برویم. قاچاق‌چی گفت با تقاضای پناهندگی زن تنها زودتر موافقت می‌شود و راحت‌تر و کم‌هزینه‌تر است

که من تنها با پاسپورت جعلی بروم کانادا. قرار بود همسرم و پسـر سه‌ساله‌ام برگردند تبریز و بعد از قبول شـدن پناهندگی به من ملحق بشوند ولی همان سال اول مادر علی سرطان گرفت و همسرم گفت که نمی‌تواند مادرش را تنها بگذارد و بهتر اسـت برگردم. برنگشتم؛ چون این‌همه زحمت و هزینه حیف بود. با علی قرار گذاشـتیم که سه سال بیش‌تر بمانم تا حداقل پاسـپورت کانادایی‌ام را بگیرم. ظرف پنج سال اقامت در کانادا پسرم مدرسه رفت، مادر همسرم فوت کرد و همسرم از یک جایی به بعد هیچ‌وقت جواب تلفن‌هایم را نداد. دوسـت مشترکی گفت که همسرم و پسرم از تبریز رفته‌اند.

وقتی به خانه برگشـتم چراغ و تلویزیون خانه‌ی گوهر روشـن بود. خسـته بودم و نرفتم به گوهر سـلام کنم. جعبه‌های خالی پیتزا پشت در بودند. جعبه‌ها را انداختم در سـطل بازیافت تو گاراژ و سـطل را گذاشتم دم در. تلویزیون تا صبح روشن بود و صدای مردی که خریدار جواهرات ما بود نمی‌گذاشـت بخوابم. مطمئن بودم گوهر خوابیده که مدام کانال را عوض نمی‌کند. چندبار خواسـتم بروم پایین تلویزیون را خاموش کنم ولی فکر کردم مثل باقی شب‌ها لابد گوهر بی‌خواب شده و نشسته روی مبل و تا برسم شروع خواهد کرد به حرف زدن.

ـــ گوهرجان بیدارید؟
ـــ از نگرانی خوابم نمی‌بره. دوباره از شـهرداری زنگ زدن. بردی مالیات شـهرداری رو بدی؟ مال خودت که نیست که دلت بلرزه. بهره نیاد روش؟
ـــ رفتم هفته‌ی پیش. گفتن خودتون باید باشید.
ـــ غلط کردن. هر سال که نمی‌تونم برم اونجا. بگو من خودشم. اونا

من رو نمی‌شناسن که. کارتم رو ببر بگو این منم.
ـــ می‌فهمن.
ـــ از کجا بفهمن. چه‌طور ما همه‌ی چینی‌ها رو شکل هم می‌بینیم؟ این‌ها هــم هیچ‌وقت ما آذربایجانی‌ها و ایرانی‌ها رو از هم تشـــخیص نمی‌دن. اون هم تو که بدتر از من سفید سفیدی.
ـــ تفاوت وزنی به کنار؛ به هرحال اختلاف سن‌مون که معلومه.
ـــ آخرین بار که من رو دیدن یه‌کم از تو چاق‌تر بودم. ضمناً به دلت نیاد ولی ما زن‌ها از چهل تا حوالی هفتاد همه شکل همیم. اختلاف سنی من و تو هم مگه چه‌قدره؟
ـــ یه‌کم چاق‌تر بودید؟ اخلاق ندارید امروز. باشه می‌رم فردا. کارت شناسایی‌تون رو هم می‌برم.
ـــ شام خورده‌ی؟
ـــ بله خورده‌م. می‌دونید که ساعت یک صبحه؟
- یک کاسه برای من سوپ بکش لطفاً. اگر خودت هم میل داری یه کاسه هم برای خودت.
ـــ برای شما می‌کشم و می‌رم بالا بخوابم. خیلی خسته‌م؛ لطفاً صدای تلویزیون رو کم کنید.
ـــ لیلا؟ من از صبح رو این مبلم. تنها. یه ده دقیقه با من حرف بزنی نمی‌میری که. کی منتظرته بالا؟
ـــ چرا، می‌میرم، ولی حالا سوپ چی هست؟

صبح که می‌رفتم ســر کار تلویزیون خاموش بود. شب با چند کیسه خرید برگشتم خانه. در باز بود. مستقیم رفتم آشپزخانه.
ـــ گوهرجان؟ حقوق‌تان رو هنوز نریخته‌ن به حســاب. فردا دوباره سرمی‌زنم بانک که اگه ریخته بودن پول بگیریم. ضمناً هفتادوپنج دلار

از جیب خـــودم خرید کردم براتون که فردا از حقوق‌تون برمی‌دارمش. به اضافه‌ی اون چهل تا مال دیشـــب. سی‌و پنج تا هم مال غذای چینی یک‌شنبه.

کیســـه‌های خرید را جابه‌جا کردم. در این چندسال این اولین بار بود که گوهر خانه نبود. مبل اتاق‌خوابش خالی بود.گوهر تمام این ســـال‌ها را روی مبل خوابیده بود؛ چون از تشـــک تخت می‌ترســـید. می‌گفت طاقباز که بخوابم روی تشـــک خفه می‌شم و حتا نمی‌تونم بلند بشوم یا غلت بخورم. یک مبل بزرگ داشـــت که موقع بلند شدن به کناره‌های مبل تکیه می‌کرد. گوهر از مردن در خواب می‌ترســـید و سال‌ها بود که یک نفس بیش‌تر از سه ســـاعت نخوابیده بود. رفتم طبقه‌ی بالا. چراغ راهرو روشـــن بود. زیر کتری را روشـــن کردم. ژاکتم را که در آوردم دیـــدم گوهر کف اتاق خوابم افتاده. گردنـــش کاملاً چرخیده بود، مثل یک جغد خیلی بزرگ و مچ خیلی فربه پای راستش بین پله‌های نردبان شکسته‌ی دسته‌دومی که پارسال از حراج خیابانی خریده بودم گیر کرده. چشـــم‌هایش کاملاً برگشته بود و قســـمتی از زبانش که گیر کرده بود بین دندان‌هایش، باد کرده بود. دریچه‌ی زیر شـــیروانی سقف باز بود و دستگیره‌ی کنده‌شده‌اش هنوز در دســـت راست گوهر بود. لابد دنبال مرد من می‌گشـــته. از سیاه شدن لب‌ها و پای سفید بین نردبانش معلوم بود خیلی‌وقت است مرده. در را بستم و رفتم طبقه‌ی پایین. فردا بعد از این‌که حقوق گوهر را گرفتم و طلبم را برداشـــتم به پلیس زنگ می‌زنم و می‌گویم شـــب دیر رســـیدم و روی مبل هال خوابم برد و گوهر را در اتاق‌خـــواب ندیدم. روز بعد حقوق گوهـــر را گرفتم. کارمند بانک به من گفت: «گوهر چه‌قدر خســـته‌ای؛ دیشب نخوابیده‌ی؟» گفتم «آره، خیلی خســـته‌م. حقوقم رو دیر واریز کرده‌ن به حساب دیشب تا صبح خوابم نبرد.» کارمند بانک خندید «یه ماه این‌طور شـــده. از ماه بعد اگه

اداره‌ی ازکارافتادگی مزاحم خواب شما بشه جریمه‌اش می‌کنیم.» من هم خندیدم.

دلم خواست یک مدت گوهر باشم؛ صاحب خانه و حقوق. فکر کردم حقوق ماه بعد را هم بگیرم بعد به پلیس خبر بدهم. بگویم نبودم. اصلاً خبر ندهم. فکر کردم چند سال می‌مانم، پول جمع می‌کنم و بعد برمی‌گردم. تمام این سال‌ها کسی به نبودن گوهر شک نکرد. سال‌ها بود کسی گوهر را ندیده بود. به‌جز استیو کارمند بانک، حتا بعضی از همسایه‌های جدید فکر می‌کردند من گوهرم. کسی بوی تعفن را هم حس نکرد. وقتی کنار حیاط پشتی کاباره‌ی لختی‌ها باشی هر بوی تعفنی در برابر بوی ادرار چندین ساله‌ی مردان به‌کام‌دل‌نرسیده‌ی مست و قی هر شب مردان و زنان بدمست کم‌رنگ می‌شود. تمام درزهای خانه بالا را با نوارهای چسبی گرفتم و تمام خروجی‌ها را با پنبه‌های خیس‌کرده در مرگ موش بستم. در دستورالعمل روند تعفن جنازه نوشته بود کرم‌ها و حشراتی که از جنازه تغذیه می‌کنند از جسد دور نمی‌شوند ولی به‌هرحال لازم بود. شش ماه بعد از مرگ گوهر و نزدیک بهار تمام خانه را سم‌پاشی کردم. جنازه‌ی گوهر یک‌جور سبز مایل به کبود و چرمی شده بود. هنوز هم خیلی حجیم و بزرگ بود. پایش بین پله‌های نردبان کنده شده بود. پنجره‌ها و در اتاقم را بستم. در خانه را هم بستم و پنبه‌ها را دوباره بین درزها گذاشتم.

سر کار نرفتم و کارت‌های شناسایی‌ام را تمدید نکردم. کسی هم دنبالم نگشت. سعی کردم کمی چاق بشوم. موهایم را مدل موهای گوهر کوتاه کردم. ظرف دو سال دوازده کیلو وزن اضافه کردم. به کارهای خانه و حیاط می‌رسیدم. کارمندهای جدید بانک و اداره‌ی مالیات صدایم می‌کردند گوهر. یک روز هم پسرم به دیدنم آمد.

در زد. مرد جوانی بود. بیست‌وسه ساله شاید. خیلی سخت به انگلیسی گفت «دنبال لیلا می‌گردم. مستأجر شما. آخرین آدرسش این‌جا بوده»

به ترکی جواب دادم «لیلا سیزده سال پیش این‌جا بود. شما؟»

«من پسرش هستم. از ایران اومده‌م. خیلی سخت ویزا سه ماهه گرفته‌م بیام دنبالش بگردم.»

«آقایاشار؛ نه؟ چه بزرگ شده‌ی. عکست رو مادرت نشونم داده بود. متأسفم ولی لیلا خیلی سال پیش رفت. من ازش خبر ندارم.»

«نگفت کجا؟»

«ایران فکر کنم. مگه ایران برنگشـــت؟ می‌خواست برگرده دنبال تو و پدرت بگرده. گفتن رفتید یه شهر دیگه.»

«نه ما همیشه تبریز بودیم. کجا دنبالش بگردم؟»

«خبر ندارم. شاید باید بری اداره‌ی پلیس.»

پســر رفت. هیچ‌وقت ندیدمش. کسی هم از اداره‌ی پلیس زنگ نزد. زنگ هم می‌زدند مهم نبود. دو سالی بود که هر چه را از جنازه‌ی گوهر مانده بود در باغچه دفن کرده بودم. موکت اتاق بالا را عوض کرده بودم. دریچه‌ی زیرشیروانی را بسته بودم و روی قبر گوهر گل و چمن کاشته بودم. چند روز منتظر تلفن بودم. تلفن پلیس یا یاشار که متوجه شباهت من با خودش شـده. ولی کسی زنگ نزد .معلوم بود انقدرها هم دنبال مادرش نمی‌گردد. همه‌چیز برگشت به روال عادی و روزانه. فکر کردم کار عاقلانه‌ای کردی؛ بعد این‌همه ســال بچه می‌خواستم چه‌کار؟ بیاید بخورد و بپاشد و برود. زندگی در آرامش جریان دارد؛ فقط من از تنگی نفس موقعی که طاقباز می‌خوابم می‌ترسم و گاهی هم کسی طبقه‌ی بالا سیفون را می‌کشد.

06c37

کارن طراح لباس بود؛ طراح و خیاط لباس مردانه. دو سال پیش فهمید کوررنگی حاد دارد. کوررنگی ظاهراً یک عارضه‌ی مادرزاد است، ولی در این مورد خاص او در چهل‌وسه سالگی کوررنگ شده بود و چون سبز یشمی و قهوه‌ای رنگ محبوب مردها بود تشخیص ندادن این دو رنگ برایش خیلی گران تمام می‌شد.

ماریان اول سعی کرد برایش توضیح بدهد که می‌تواند کمکش بکند. می‌تواند بگوید کدام به کدام است. کدام قهوه‌ای‌ست و کدام سبز یشمی. ولی او به چشم‌های کسی اعتماد نداشت. می‌گفت ماریان خبره‌ی رنگ‌ها نیست. گفت دیگر از قهوه‌ای یا سبز یشمی استفاده نمی‌کند. بهار و تابستان خوب بود، ولی در آستانه‌ی پاییز خیلی تحت فشار قرار گرفت. از رنگ‌های باب طبع فصل که عقب ماند حس کرد واقعاً

شکست خورده. افسرده‌تر شـدنش در آسـتانه‌ی اولین پاییز کوررنگی واضح بود. وقتی همه‌ی رقبا به اسـتقبال فصل می‌رفتند کارن ساعت‌ها در بالکن می‌نشست و سیگار یا آه می‌کشید.

سـال بعد ماریان برای تولد کارن در ماه اوت از اینترنت یک دستگاه تفکیک رنگ سَفارش داد. شرکت سـازنده‌ی چینی دستگاه گفت این دسـتگاه را فقط برای کارخانه‌های رنگ‌سـازی یا پارچه‌بافی استفاده می‌کنند. دستگاه خیلی بزرگ بود. شرکت سازنده‌اش می‌گفت در کارخانه این دستگاه را بالای تسمه‌ی نقاله نصب می‌کنند و در هر ثانیه کد رنگی را که از زیرش رد می‌شـود اعلام می‌کند. اگر رنگ کوچک‌ترین تغییر کدی بدهد دستگاه بوق اخطار می‌زند. دقتش هم بسیار بالاست. مجهز اسـت به قوه‌ی تشخیص حداقل صدوسی طیف قهوه‌ای که بالای نود درصدشان را آدم‌های معمولی یا غیرمعمولی اصلاً تشخیص نمی‌دهند.

ماریان بعد از سه ماه نامه‌نگاری موفق شد شرکت سازنده‌ی دستگاه را متقاعد کند که یک نمونه مینیاتوری از این دسـتگاه برایش بسازند. شرکت برای ساخت نمونه‌ی مینیاتوری دستگاه صدوبیست هزار یوآن پول می‌خواسـت که معادل بیسـت هزار دلار بود. ماریان به پس‌انداز مشترکشان دست نزد. دلش نمی‌خواست کارن خودش را مسئول این هزینه‌ی سنگین بداند. این دو سال گذشته به‌خاطر حس افسردگی کارن وضع اقتصادی‌شان خیلی خوب نبود و تا حالا حدود بیست‌وسه هزار دلار از پس‌انداز دوران بازنشستگی‌شان برداشته بودند.

زن بـا کمک آقای جان چـو یک وام کم‌بهـره از بانک گرفت و از طریق صرافی اتحاد غربی پول را برای شرکت سازنده‌ی دستگاه فرستاد. دسـتگاه دقیقاً یک ماه بعد از تولد کارن رسید. شکل یک دستگاه ضبط صدای دیجیتال بود که صفحه‌ای کوچک داشـت. باید قسـمت پایین دسـتگاه را تقریباً دو میلی‌متر به رنگ نزدیک می‌کردند و حدود ده ثانیه

بدون حرکت نگه می‌داشــتند تا کد رنــگ روی صفحه‌ی نمایش دیده شــود. یک دفترچه‌ی صد صفحه‌ای راهنمای کدشناسی هم ضمیمه‌ی دســتگاه بود که البته به درد کارن نمی‌خــورد. به درد کس دیگری هم نمی‌خــورد. بالای هر کد رنگی دایره‌ی کوچکی بود که رنگ آن کد را مشــخص می‌کرد. از نظر ماریان تقریباً بیش‌تــر این دایره‌های کنار هم یک‌رنـــگ بودنـد. به‌هرحال چون کارن حتا نمی‌توانسـت قهوه‌ای را از یشمی تشخیص بدهد دفترچه‌ی کد هم فایده‌ای به حالش نداشت.

ماریان چند دسـت لباس را که فکر می‌کرد کارن هنوز رنگ‌شان هنوز در خاطر کارن اسـت داخل کیسـه‌ی کادو گذاشـت. چند شلوار هم از مجموعه‌ی «پاییز مردان ســواحل شـرقی» را که کارن قبل از ابتلا به کوررنگی طراحی کرده بود داخل بسته گذاشت. می‌دانست مرد رنگ سبز زیبای شلوار گلف را هنوز به خاطر دارد؛ یا قهوه‌ای سیر کت پشمی را.

آن شب کارن تا هفت دقیقه بعد از دیدن کادو چشمانش مرطوب بود. همسرش را سفت در آغوش کشــید و به ماریان گفت «مسیح من تو. تو.» و نتوانست ادامه بدهد. ساعت ده به کارگاه رفت و دستگاه را روی توپ‌های پارچه امتحان کرد، روی اشیاء و تزئینات اتاق، رنگ میز چوبی قهوه‌ای کنار در ورودی، رنگ سبز تیره‌ی کلاه ارتشی به یادگار مانده از پدرش که زده بود به دیوار و حتا روی آجرهای دیوار ســرخ. همه‌چیز درست بود. دستگاه بسیار دقیق بود.

وقتی فهمید آن ســه توپ پارچـــه‌ی کرم رنگ انگلیسـی که برای کت‌وشــلوارهای تابستانی خریده بوده یک شـماره باهم تفاوت رنگ دارند ناراحت شـد و وقتی یادش آمد که برای یکی از مشــتری‌های خوبش کت را از توپ اول و شلوار را از مانده‌ی توپ دوم دوخته خیلی بیش‌تر ناراحت شد. خیلی ناراحت‌کننده است که مشتری خوش‌پوش مزون معتبری مثل مزون کارن با کت‌وشـلواری که یک شماره تفاوت

رنگ دارند در خیابان می‌گردد.

هرچه را از کارهای قبلی در کارگاه داشت امتحان کرد. چند نمونه‌ی دیگر تفاوت رنـــگ هم پیدا کرد. کارن حس کرد همه‌ی این ســال‌ها صنعت تولیـد پارچه به او و او به مردان خوش‌پوش کرانه‌ی شـرقی خیانت کرده‌اند. کت‌وشلوارهای دوکُده.صف ساق‌دوش‌هایی که کد سورمه‌ای کت‌وشلوارهای‌شان دو شماره باهم فرق می‌کرده.

خشـــمگین بود. در کارگاه را بســـت و به خانه رفت. سیگار کشید و فکر کرد گذشـــته‌ها گذشته؛ از این‌جا به بعد با دقت بیش‌تری پارچه‌ها را انتخـــاب خواهد کرد. اینچ به اینچ‌شـــان را با با این معجزه‌گر کوچک وارسی خواهد کرد. احساس کرد سبک‌تر است. به همسرش فکر کرد؛ به آن‌همه تلاشی که برای نجاتش از این کوررنگی کرده و گرمش شد. خیابان خیس بود. به موهای مجعد ماریان فکر کرد؛ به تیره‌ی برجسـته پشـــتش، به کناره‌های گردنش و به نرمی و سفتی هم‌زمان پستان‌هایش. کف دست‌هایش را با شلوارش خشک کرد و کلید را در قفل چرخاند.

ماریان خوابیده بود؛ برهنه. معلوم بود منتظرش مانده.حاشیه‌ی لب بالایش هنوز از مانده‌ی رژ لب سرخ سرشب برق می‌زد. چراغ کنار تخت روشن بود. موهای زن روی بالش پخش شـــده بود . پستان‌های زن در تاریک و روشنی اتاق زیباترین نیم‌کره‌هایی بودند که مرد می‌توانست تصور کند. سر تریاکی رنگ پســـتان‌ها را نگاه کرد و فکر کرد ماریان زیباترین پستان‌های جهان را دارد. زانو زد کنار تخت و کتش را درآورد. دستگاه از جیبش افتاد کنار تخت. دســـتگاه را برداشت. بی‌اختیار سر پستان راست زن را امتحان کرد. شش. سی. سی‌وهفت. پستان چپ. شش. سی. سی و یک.

دوباره امتحان کرد. نتیجه همان بود. کتش را از روی زمین برداشـــت. کت را روی صندلی گذاشـــت. چراغ را خامـــوش کرد واز اتاق بیرون رفت. دراز کشید روی کاناپه. آن‌قدر به آسمان زل زد که هوا روشن شد.

ماهی‌گیران
رودخانه‌ی فرانسوی

برای پسرم

پرســـتار عصر می‌گوید که امتداد خط قرمز روی زمین می‌رســـد به مرکز امانت‌گیری لوازم بهداشتی. تأکید می‌کند که اسمش لگن یبوست اســـت. چهل‌وهشت ساعت از زایمانم می‌گذرد و در این دو روز فقط ادرار کرده‌ام. بیش‌تر از این‌که درد شکم اذیتم کند حالم از خودم به‌هم می‌خورد. از حجم خون و مدفوعی که درونم تلنبار شـــده. شـــیر هم هســـت و با همه‌ی قداستی که در موردش حرف می‌زنند بوی عجیبی می‌دهد. هم بو می‌دهد و هم نوچ اســـت. چرب هم هست. پستان‌هایم تابه‌تا سـفت شـده‌اند از شـیر. یکی انگار بزرگ‌تر است و بیش‌تر درد

می‌کنـــد و آن‌یکی کمی نرم‌تر و دردش کم‌تر اســت. شـــکمم بعد از زایمان توده‌ی چروک و تیره و بدشکلی شده که گاهی شروع می‌کند به لرزیدن. انگار خون و شیر از همه‌جای بدنم می‌چکند و هیچ مقاومتی دربرابر خروج‌شـــان ندارم. دلم می‌خواهد تنم را پشت روکنم. تمیزش کنم. خون و گه و شیر را از آستر تنم بتراشم و بعد شیر آب را باز کنم روی خودم. تمیز شوم از همه‌چیز.

راهرو ســـاکت اســت. زائوها و همراهان‌شـــان رأس ساعت هشت می‌خوابند. شـــاید هم وانمود می‌کنند کـــه می‌خوابند. هر چه‌قدر هم بخوابند سه ساعت یک‌بار باید بیدار شوند و به بچه‌شان شیر بدهند و بعد هم عوضش کنند. این سه ساعت‌ها که منطبق نیستند روی هم. مدام صدای گریه می‌آید. صدای گریه‌ی نوزادهای ضعیف زجرآور اســـت. دو اتاق آن‌طرف‌تر اتاق یک جفت دوقلوی عراقی‌ست. یک ساعت‌ونیم یک بار یکی‌شان گریه می‌کند. بعد صدای زمزمه‌ی زنی به‌عربی می‌آید و شوهرش هم جواب می‌دهد. بار اول است که زن نماز یا دعا نمی‌خواند و فقط با شوهرش حرف می‌زند. راه رفتن سخت است. مثل پنگوئنی راه می‌روم که تخمی روی پاهایش دارد. بخیه‌هایم درد می‌کنند. حس می‌کنم از تو تنگ شده‌ام. حس می‌کنم کشیده می‌شوم. انگار آسترم آب رفته باشد و رویه‌ام هنوز گشاد باشد.

مرد نوزادبه‌بغل روی مبل استراحت‌گاه عمومی نشسته. نوزاد خواب اســـت. مرد ته‌ریش دارد. مرد به نوزاد نـــگاه نمی‌کند. به انتهای راهرو خیره شده. باید بنشینم. اول باید دستم را به دسته‌ی مبل بگیرم تا باسنم آرام روی مبل بنشـــیند. با این‌همه محافظه‌کاری باز هم وقتی می‌نشینم درد از راه می‌رســـد و تا جایی زیر لاله‌ی گوشـــم می‌پیچد. مرد لبخند می‌زند.

مرد آرام حرف می‌زند: «اولیه؟»

سارا جوابش را می‌دهد: «اولی و آخری.»

ــــ «همه همین رو می‌گن، ولی بعد یادشون می‌ره.»

ــــ «من که حافظه‌ی فیل دارم. دومیه؟»

ــــ «سومی.»

ــــ «چه جرئتی دارید.»

ــــ «من که کاری نکرده‌م. همه‌ی کارها رو زنم کرده.اونی که جرئت داره زنمه.»

ــــ «مگه فقط زایمانه؟ تازه اصلش مونده، مگه نه؟»

ــــ «آره خب، متاســفانه اصلش مونده. البته نانسی بچه‌ها رو خیلی خوب جمع‌وجور می‌کنه.»

ــــ «امیدوارم من هم از پسش بربیام.»

ــــ «دختره یا پسر؟»

ــــ «پسره.»

ــــ «بچه‌ی ما دختره. سومین دخترمونه.»

ــــ «سه خواهر. چه کیفی بکنن.»

ــــ «اون دو تا که خیلی باهم جورن. مثل مادرشون و خواهراش. این حالا مونده ملحق بشه بهشون.»

ــــ «من که خواهر ندارم ولی داشتنش باید خوب باشه.»

ــــ «من که هیچ‌کس رو ندارم.»

ــــ «سرنوشت پسر من هم همینه. گفتم که از همین الان برنامه‌ریزی کرده‌م بچه‌م خواهر و برادر نداشته باشه.»

ــــ «خواهر و برادر که هیچ؛ من پدر و مادر هم ندارم.»

ــــ «چه بد.»

ــــ «مهم نیست که؛ هیچ‌وقت نداشته‌م. عوضش نانسی هم زنمه هم مادرم.»

ـــ «چه خوب.»

ـــ «ولی دلم می‌خواست یه پسر داشتم که باهم می‌رفتیم ماهی‌گیری.»

ـــ «چرا با دخترها نمی‌ری؟»

ـــ «نانسـی دوسـت نداره. می‌گه ماهی‌گیری دخترها رو منزوی و پسرونه بار می‌آره.»

«ولــی من هم گاهی می‌رم ماهی‌گیری. البته منزوی که هسـتم ولی پسرونه رو نمی‌دونم.»

نگاهم کرد. می‌دانسـتم یقه‌ی لباس شـیردهی‌ام خیلی باز اسـت. می‌دانستم پستان‌هایم معلوم‌اند. می‌دانستم دامن‌ام کوتاه است. یقه‌ام را جمع نکردم ولی دامنم را پایین کشیدم.

ـــ «به نظر من که اصلاً پسرونه بار نیومده‌ی. کجا می‌ری ماهی‌گیری؟ چی می‌گیری؟»

ـــ «ویلموت کریک. ماهی آزاد.»

ـــ «من اونجا هم می‌رم ولی بیش‌تر وقت‌ها می‌رم رود فرانسـوی. دورتره ولی عوضش دنج‌تره.»

ـــ «هیچ‌وقت اونجا نرفته‌م. ولی شنیده‌م خیلی جای خوبیه.»

ـــ «عالیه. من گاهی یکی دو شـب هم چادر می‌زنم که صبح سپیده نزده قلاب بندازم.»

ـــ «خوش به‌حالت.»

ـــ «اهل چادر هم نباشـی، کابین ماهی‌گیری خوب هم پیدا می‌شه اون دوروبرها. تو دل جنگل.»

ـــ «تنها که می‌ترسم برم تا اونجا. تنها اونقدر نمی‌رم تو عمق جنگل.»

ـــ «اگه بدونی کجاها رفته‌م. یه بار شـمال ونکوور نزدیک بود با یه خرس درگیر بشم.»

ـــ «من هنوز تازه‌کارم. یه روز من هم می‌رم.»

ــ «جالبه ها، تا حالا زن ماهی‌گیر ندیده بودم. زودتر می‌شناختمت؛ باهم می‌رفتیم.»

«نمی‌دونم چرا زن‌ها کمتر ماهی‌گیری می‌کنن. خودم هم چهار ساله شروع کردم. خیلی آرامش داره.»

ــ «شـــاید بدشـــون می‌آد قلاب رو از دهن ماهـــی در بیارن. تازه ویلموت کریک که آروم نیســـت. باید یه جاهایی رو نشـــونت بدم که ببینی آرامش به چی می‌گن. می‌دونی؛ ولی آرامش با تنهایی فرق داره. تنهایی خوب نیست.»

«آره، بهتره یکی باشه، ولی ساکت باشه.»

ــ «موافقم. شب هم تو سکوت کنار آتیش بشینید. سکوت دو نفره. ولی بدونی هست. گرماش باهات باشه.»

نانسی صدایش کرد. راد. راد. صدای نانسی آرام و ضعیف بود.

ــ «نانسیه. دیگه باید برم.»

دســـتم را دوباره تکیه‌گاه تنم می‌کنم که از جا بلند شوم. همان درد. همان گوش درد. داروخانه بسته است. دوبار میزنم روی شیشه تا پرستار در را باز کند. لگن سبز رنگی با نام تجاری ایزی سیتز را می‌گیرم.

پرستار می‌گوید «شماره‌ی اتاقت چنده؟»

«سارا اتاق ۱۲۲۲.»

در اتاق راد باز اســـت. اتاق تاریک است. صدای گریه‌ی بچه می‌آید. اتاق عراقی‌ها ســـاکت اســـت. اتاق خودم هم تاریک است. علی روی مبل خوابیده و نوزاد را بغل کرده. تهریش دارد. در دست‌شـــویی را باز می‌کنم. روی ایزی ســـیتز نوشته با آب ولرم پر شود. آب را باز می‌کنم. نیم ساعت تا شیر بعدی بچه وقت دارم.

مرد مشترک آپارتمان ۲۱۱۲

کسی به در می‌کوبید. هنوز منگ بودم و یادم نبود کی خوابم برده. چشم‌هایم از گریه‌ی شب قبل سرخ و سنگین بود. شلوارم را پوشیدم، عینک آفتابی زدم و از اتاق‌خواب آمدم بیرون. در را باز کردم. پیرزنی پشت در ایستاده بود؛ با سربندی پلاستیکی که زیرش می‌شد تابِ موهای یک‌دست سفیدش را دید.

ــــ دیگه خسته شده‌م؛ هر روز دارم کیسه‌ی زباله‌ت رو می‌ندازم دور. دلم می‌خواست فلج باشی؛ یا اقلاً دست نداشته باشی که فکر نکنم یه

آدم سالم تنبل و بی‌فکر این‌همه وقت اجازه داده آشغالاش رو یه خری مثل من براش ببره پایین. آخه چرا انقدر شلخته و بی‌فکری که کیسه‌ی آشغالت رو همه‌ش می‌ذاری پشت در راهرو؟

ـــ من کیســـه‌ی آشغال نذاشـــته‌م. هیچ‌وقت هم کیسه‌ی آشغالم رو پشت در نمی‌ذارم.

ـــ پس این چیه؟ امروز نبردمش که خودت ببینی. ببخشید که امروز کلفت‌تون یه کم دیر کرده و گربه‌ی احمق رابرت هم زده کیســـه رو پاره کرده.

ـــ این کیسه‌ی من نیست.

ـــ یعنی چی؟ یعنی یه دیوونه‌ای هر روز کیسه‌ی آشغالش رو می‌آره و می‌ذاره دم در خونه‌ت؟

ـــ لابد همین کار رو می‌کنه. بیایید تو خودتون ببینید. زباله‌هام از سه روز پیش هنوز تو سطل‌ان.

ـــ دیگه بدتر. سه روز سه روز بو نمی‌گیره؟

ـــ من آشپزی نمیکنم. یعنی نمی‌رسم؛ زباله‌هام برای همین خشک‌ان.

سرش را آورد تو. کمی بو کشید.

ـــ چه خونـــه‌ی خلوتی. این‌همه وقته کـــه این‌جایی؛ نه دکوری نه چیزی؟ دانشجویی؟

ـــ نه. حسابدارم. بو نمی‌آد نه؟

ـــ بو نمی‌آد ولی جدی تـــو به این می‌گی خونه؟ چرا پرده نداری؟ دیوونه نمی‌شی از نورصبح؟

ـــ پنجره‌های اتاق‌خوابم رو پتو زده‌م. اون‌جا تاریکه. بو نمی‌آد؛ نه؟

ـــ عوضش این کثافتی که گربه‌ی هرزه‌ی رابرت زده پاره‌ش کرده چه بوگندی می‌ده. یادش بخیر؛ یه وقتی همه تو این ساختمون آدم حسابی بودن؛ نه مثل تو بودن که به هیچ‌چی محل نمی‌ذاری نه مث این رابرت.

ــ رابرت؟

ــ اون سرهنگ بازنشسته‌هه. پلاک ۲۱۱۲.

بعد با دست چروک و رگ‌نمایش به ته راهرو اشاره کرد. ناخن انگشت اشاره‌اش بلند و سوهان‌کشیده و سرخ بود.

ــ همون آقاهه که یه غده‌ی خیلی بزرگ زیر گوشش داره؟

ــ آره؛ خودشه. ولی اصلاً خوب نیست فقط عیب و ایراد آدم‌ها رو ببینی.

ــ ببخشید.چیز دیگه‌ای یادم نیومد.نمی‌دونستم گربه دارن و گربه‌شون هم انقدر آزاده که بیاد تو راهرو.

ــ اوهوم. سه تا گربه داره ضمناً. سه تا گربه‌ی بوگندو که همه‌ش تو راهرو پلاسان؛ چون سرهنگ براش مهم نیست گربه‌ها تو راهرو ول بچرخن و موکت‌ها رو ناخن بکشن. می‌گه تو خونه‌ی خودش جا نیست که گربه‌ها حرکت‌های کششی بکنن و تنها راه نرمش گربه‌ها همینه. یه روز می‌گیرم می‌ندازم‌شون تو شوتینگ زباله.

ــ یعنی انقدر کوچیکه؟

ــ خونه‌اش که کوچیکه ولی خب وقتی برداری اسباب یه شاه‌نشین رو بچپونی تو یه استودیو سی‌متری کوچیک‌تر هم می‌شه. دوماه پیش عینکش افتاده بود بین مبل و بوفه. برای درآوردنش باید اندازه‌ی یه کامیون اسباب‌وسایل می‌ذاشت بیرون که بتونه مبل رو تکون بده. بی‌خیال عینکش شد. الان هم مال من رو می‌زنه. اون هم یه آدم بدبختیه. خونه‌ی بزرگ داشته، هی بچه‌هاش گفتن تو و مامان که نمی‌تونید از خودتون نگهداری کنید و این‌جا امن نیست و از این چرت‌وپرت‌ها تا این‌که روبرت هم از ترس این‌که ببرنش خانه‌ی سالمندان پا شده اومده این‌جا. ولی زنش خانه‌ی سالمندانه.

دستم را گرفتم جلو دهنم و دویدم سمت دست‌شویی. عق زدم. دهنم

را شستم و صورتم را آب کشیدم. عینک آفتابی را گذاشتم کنار قفسه‌ی داروها. دلم می‌خواست که این زن پرحرف رفته باشد. هنوز ایستاده بود تو چارچوب و زل زده بود به ناخن‌هایش.

ــ ببخشید یهو دویدم. حالم به‌هم خورد.

ــ شـــنیدم. این یکی رو هم هر روز می‌شـــنوم. آدمی که همسایه‌ی دیوار به دیوارت باشـــه مجبوره هر روز هم این کیسه‌ی زباله رو ببینه، هم صدای بالا آوردنت رو بشنوه.

ــ معده‌ام حساسه.

ــ لابد خیلی الکل می‌خوری.

ــ نه، خیلی کم. وقتی اســـترس دارم یـــا بدجوری غصه می‌خورم حالت تهوع می‌گیرم.

ــ الان هم استرس داری؟چشمات چه‌قدر قرمزه.

ــ اســـترس که یه کم دارم ولی بیش‌تر غصه‌س. مادرم رو امروز می‌برن خانه‌ی ســـالمندان چون لگنش شکسته و کسی نیست که ازش پرستاری کنه.

زن گوش نمی‌کرد. گربه‌ی حنایی خیلی چاق از ته راهرو آمد. زن با صدای بچگانه‌ای گفت «اســـتفی، این کیسه رو که تو پاره نکردی؟ کار اون تامِس دله‌خوره؛ نه؟»

گربه دم بالاگرفته‌اش را به زن مالید و زباله‌ها را بو کرد ولی لب نزد. شروع کرد به لیسیدن پای پیرزن.

ــ هم‌اســـم منه. من هم استفی‌ام. رابرت اسم من رو گذاشته روش؛ می‌گه این گربه هم مث من خلق‌وخوی اشرافی داره.

سرخوشانه خندید.

ــ معلوم نیست این رابرت از لای اون آت‌وآشغال‌هایی که دوروبر خودش جمع کرده اخلاق اشرافی من رو کجا دیده؟

همان‌طور که زن داشت گربه را ناز می‌کرد کیسه‌ی دیگری آوردم و زباله‌ها را بردم و انداختم تو شوتیگ زباله که ته راهرو بود؛ نزدیک خانه‌ی رابرت. در خانه نیمه‌باز بود. شاید برای استفی که راحت برود بیاید. حق با استفی بود؛ خانه پر بود از اثاث. تاریک هم بود. پیرمرد روی مبلی بزرگ پشت به در نشسته بود و با عینک قاب‌طلایی نگین‌دار روزنامه‌ی تورنتو استار می‌خواند. برگشت رو به در و گفت «استفی؟ دیر کردی که.»

ـــ ببخشید رابرت. من استفی نیستم؛ همسایه‌ی ۲۱۰۲تون‌ام. استفی دم در خونه‌ی منه. می‌خواید بیارمش؟

ـــ اوه؛ ببخش. فکر کردم ملکه زیبای منی، استفی. حالا کدوم‌شون دم خونه‌ی توئه؟ استفی دم‌دار یا پستان‌دار؟

غده‌اش بالا و پایین رفت. داشت بی‌صدا می‌خندید. گفتم «هر دو.»

ـــ حنایی که مهم نیست. نقره‌ای رو بگو بیاد پیشم.

غده دوباره تکان خورد. استفی‌ها رفته بودند تو خانه‌ی من. سربند پلاستیکی سرش را باز کرده بود و گذاشته بود روی دسته‌ی شکسته‌ی مبل راحتی. من را که دید گفت «رابرت کلی پرده‌ی اضافه داره. یکی برای اتاق نشیمنت می‌دوزم. یعنی قدش رو کوتاه می‌کنم. عرضش فکر کنم خوب باشه برای این‌جا. یه قفسه‌ی عالی هم داره. برای اون گوشه که کتاب‌هات رو تلنبار نکنی روی هم. چای داری؟»

ـــ رابرت گفت منتظرتونه.

ـــ یه آباژور هم می‌خوای. رابرت رو کجا دیدی؟

ـــ در خونه‌ش باز بود. سرک کشیدم و من رو با شما اشتباه گرفت. بعد گفت کار داره باهاتون.

ـــ گربه‌اش رو می‌گفته.

ــ نه؛ گفت استفی حنایی نه، استفی نقره‌ای.

ــ مرتیکه چه زبـون چربی هم داره. بهم گفت نقره‌ای؟ قبلاً از این چیزها نمی‌گفت. یعنی حتا پیر و چروک من هم هنوز براش جذابه.

ــ خیلی ساله می‌شناسیدش؟

ــ چهل ساله عاشق هم‌دیگه‌ایم. نوبتی. بیست سال من و بیست سال هم اون. ببین؛ نور اگه کم بشـه خونه‌ت خیلی بهتر می‌شه. تازه می‌شه جای زندگی و آشپزی.

ــ چه‌قدر زیاد. چرا ازدواج نکردید؟

ــ نمی‌شد که؛ شوهرخواهرم بود. یعنی هنوز هم هست. اوایل هم من بیش‌تر عاشق رابرت بودم و اون هم خب زن و بچه داشت و دلش نمی‌خواسـت چیزی رو عوض کنه. هر دو از فامیل طرد می‌شـدیم. سخت بود خب.

ــ شما چی؟ ازدواج نکردید؟

ــ من که شوهر داشتم. ده سال پیش فوت کرد. بچه ولی ندارم. بچه چیه؟ همه‌ش ریخت‌وپاش می‌کنن.

ــ بعدش چی شد؟

ــ چی باید می‌شد؟ دیگه عادت کرده بودیم بافاصله زندگی کنیم؛ دور از چشم همه عشق‌ورزی کنیم؛انقدر عادت کردیم که بعدش هم همون رو ادامه دادیم.هنوز هم دسـت هم‌دیگه رو زیر میز می‌گیریم؛چیزهای دیگه‌ای هم هست که گفتن نداره.

ــ الان که این‌جاست. الان باهمید؟

ــ هر کی خونه‌ی خودش رو داره. از نظر من که یه آشنای قدیمیه. چندسال پیش هم که خواهرزاده‌هام تصمیم گرفتن خودش و سیلوی خواهرم رو ببرن خانه‌ی سـالمندان فرار کرد و اومد این‌جا. این خونه رو خودم براش گرفتم. اسباب‌وسـایل رو هم از انبار موقتی که بچه‌ها

اسباب‌وسایل خونه رو اون‌جا گذاشته بودن کم‌کمک کش رفته.

ــــ خواهرتون کجاست؟

ــــ سیلوی؟ خانه‌ی سالمندان. اون خوبه. ماهی دو بار می‌رم دیدنش.

ــــ از رابرت نمی‌پرسه؟

برای خودش آب جوش ریخت. قوطی فلزی چای انگلیسی‌ام را طوری باحوصله باز کرد که ناخن‌هایش آسیب نبیند. چای را بو کرد. همان‌طور که کیسه را تکان می‌داد گفت «فکر کنم خوشحال هم هست. تو همون خانه‌ی سالمندان با یه ژنرال بازنشسته آشنا شده که هیچ جاش هم غده‌ای چیزی نداره.»

ــــ پس خیلی هم دلواپس مادرم نباشم. شاید اون هم با یه ژنرال آشنا بشه.

ــــ به قیافه‌ت نمی‌اومد همچین چای خوبی داشته باشی. اسمت چی بود؟

ــــ تارا.

ــــ تارا. می‌دونی تارا؟ سیلوی هیچ‌وقت دنبال رابرت نگشت. اگه می‌خواست که پیداش می‌کرد. فکر کنم به بچه‌ها هم گفته دنبال پدرشون نگردن. پیری‌ش هم که موند برای من. یه روز دیدم پشت در خونه‌ام وایستاده و می‌لرزه. زشت و چرک و ضعیف با اون غده‌ی بزرگ. دقیقاً مث اون کیسه‌هه که پشت درت بود؛ انگار یکی رابرت رو گذاشته بود پشت در من.

ــــ اوه! خیلی مثال بدی بود که. منصفانه هم نیست.

ــــ منصفانه که نیست. شاید هم حق با توئه. حالا مثل زباله نه، مث استفی حنایی شاید. پشت در بود. نمی‌شد راهش بدم که. همه‌چی رو به گند می‌کشید؛ حتی خاطراتم رو. هیچ رابطه‌ای رو نباید از سن خروپف و آروغ‌های پشت هم شروع کرد. اصلاً عاقلانه نیست. براش واحد ته

راهرو رو گرفتم. خودم هم که سر راهرو.

ــ از دستش خسته شدید؟

ــ نه؛ اصلاً. همه‌ی این چهل ســـال عادت کرده‌م که دستش رو زیر میز بذاره روی پام. بیش‌تر نمی‌خوام ولی.

ــ گربه‌هه کو؟ نره بیرون؟

ــ استفی جایی نمی‌ره. حتماً رفته پیش رابرت. باورت نمی‌شه، ولی من ایـــن گربه‌ها رو خیلی می‌فهمم. رابرت حتا یه وجب جا برای این بدبختا نذاشته که یه کش‌وقوسی به خودشون بدن؛ ولی باز هم دلشون می‌خواد تو همون تنگی بین دست‌وپاش بلولن. من هم همین حال رو داشتم. باورت می‌شه؟

ــ در رو ببندم؟

ــ چرا نبندی؟ از مادرت نگفتی راســـتی. به‌خاطر مادرت استرس داشتی؛ ها؟ برای مادرت گریه می‌کردی؟

ــ الان که بهترم. ولی چه خوب شـــد اومدید. یه چای هم برای من می‌ریزید؟

پل‌های معلق مرزی

وقتی پرده برافتد

نشســته بود روی مبل تک‌نفره‌ی راحت چرم‌سفید. من نشسته بودم بغلش؛ روی پاهاش. فقط یک‌تا شلوار جین پاش بود. من هم فقط آن بلوز کشمیر نرم قرمز یقه خیلی‌گشــاد تنم بود و شانه‌ی راستم بیرون بود. لب‌هاش روی شــانه‌ی راستم بود. گردنم را از پایین تا زیر گوشم بوســید. بادقت موهام را زد پشت گوشــم و نرمه‌ی گوشم را بوسید؛ بوســـه‌ی همراه با نوازش. گفتم آه و اسمش را هم عاشقانه گفتم و بعد دوباره آه کشیدم.

نجوا کرد «یـــواش لامصب؛ صدا ممکنه بره بیرون و همه بفهمن که

من و تو باهمیم.»

گفتم «یواش گفتم.»

گفت «همین هم خیلی بلند بود.» نرمه‌ی گوشم را دندان زد و بوسید و گفت «باید احتیاط کنیم؛ وای از اون روز که پرده بیفتد.»

همان موقع پرده افتاد؛ پرده‌ی مخمل سـرخ سـنگین قرمز. صدای خوردن گیره‌هـای پرده روی کف چوبی آمد. فکـر کردم الان خاک بلند خواهد شـد، ولی نشد. نگاهش کردم. میخکوب شده بود. خودم هم ترسیده بودم. آن‌طرف پرده کلی آدم نشسته بودند روی صندلی‌ها. انگار تمام ظرفیت سـالن فروش رفته بود. بلوز قرمز کشمیر را کشیدم پایین‌تر روی پاهای برهنه‌ام. دسـت‌هایش هنوز دور کمرم بود. دست چپم را گذاشتم روی سـاعدش. دست چپش می‌لرزید. هر دو دست خودم هم می‌لرزیدند. پروژکتور بالای سر ما روشن شد. تپش قلبش را حس می‌کردم. فکر کردم کاش نترسد و فرار نکند. کاش جزء دسته‌ی یک درصد آدم‌هایی باشد که وقتی قهوه می‌ریزد روی لباس‌شان از جا نمی‌پرند؛ خونسرد نگاه می‌کنند. ممکن است بسوزند ولی از جا نپرند. نپرید. حتا دست‌هاش را تنگ‌تر پیچید دور کمرم و انتهای بلوزم را نگه داشت که از کشاله‌ی رانم بالاتر نرود.

ناگهان صدای جیغ زنی بلند شد. زن گریه هم می‌کرد. اسمش را صدا زد و فحشش می‌داد. نگاهش کردم. سـرش را انداخته بود پایین. زن را می‌شـناختم. من هم سرم را انداختم پایین و خیره شدم به ساعدش که عاشقش بودم. مرد خشمگینی اسمم را گفت. گفت خجالت بکش. چسبیدم به سینه‌اش. دوست دبیرستانم روی صندلی جلو نشسته بود. شنیدم به بغل‌دستی‌ش گفت «همکلاسیم بود. فراست می‌اومد.»

بعد بغل‌دستی‌ش گفت «مرد کیه؟ چه خوبه.»

گفت «نمی‌شناسم. آدم‌های عوضی.»

بلند شد و بهم گفت «خاک برسر بی‌لیاقتت.» و رفت.

بغل‌دستـــی‌ش هم رفت و وقت رفتن گفت «چه خوب بغلت کرده، خوش به‌حالت.»

صدای جیغ و گریه می‌آمد هنوز؛ صدای تهدید و فریاد.

یکی داد زد «خجالت بکشید.»

این‌بار مرد سرش را آورد بالا و زل زد به سیاهی.

یکی از ته سالن داد زد «خودت خجالت بکش. اصلاً به تو چه؟»

نمی‌دیدمشان. تصویر نداشتم ولی صداها گاهی آشنا بودند. تمام نور روی ما بود ومردم در تاریکی بودند. ســـردم بود. قلبش آرام‌تر میزد و نفسش می‌خورد به پشت گردنم.

زنی که گریه می‌کرد چیزی را پرت کرد روی صحنه. یک ســاعت مچی زنانه‌ی چهارگوش بندچرمـــی قهوه‌ای بود. یکی در ردیف جلو سیگار روشن کرد. نورش را دیدم و بوی سیگار آمد.

صدای آرام مردی آمد که گفت «بریم.»

زن با هق‌هق گفت «بریم. تحمل دیدنشو ندارم.»

وقتی آمدند جلو صحنه که روشن‌تر بود دیدم مرد کمر زن را گرفته است.

زن دیگر گریه نمی‌کرد ولی با بغض گفت «برای تو هم نمی‌مونه.»

مرد ژاکت سبزش را روی شانه‌های زن انداخت.

مردی که داد می‌زد گفت شکایت می‌کنم.

صدای پدرم را شـــنیدم که جواب داد «شکایت چی؟ نخواسته رفته. جرم نیست که.»

صدای مادرم گفت «زشته؛ بریم.»

صدای کفش‌های پاشنه‌دار مادرم را شنیدم.

مرد عصبانی رفت. مـــرد ناراحت رفت. زن گریان رفت. زن مهربان

رفت. مرد خندان رفت. مادرش هم رفت. خاله‌ی مادرم یک سکه‌ی پارسیان پرس‌شده گذاشت کنار پایم و گفت «من که نمی‌دونم چی به چیه ولی خوش‌بخت بشید.»

کم کم سکوت شد.

زنی گفت «آخرش رو ببینم بعد.»

مردی گفت «آخر چی رو می‌خوای ببینی؟ آخرش همینه دیگه.»

دستم را گذاشتم بین دست‌هایش. کف دستش عرق کرده بود. دستم را گرفت و فشار داد. دست‌هامان نمی‌لرزید. چراغ‌های سالن روشن شد. هیچ‌کس نبود جز مرد میان‌سالی که ردیف یکی‌مانده‌به‌آخر خوابیده بود.

نگهبان آمد بیدارش کرد و گفت «دکتر می‌مونی یا می‌ری؟ همه رفته‌ن.»

مرد گفت «برنامه‌هاتون خیلی تکراری شده؛ باید حق عضویتم رو پس بگیرم.» و رفت.

دست‌هایش را باز کردم از دور کمرم. پیشانی سردش را تکیه داد به پشت گردنم و آه کشید.

گفتم «تا حالا روی صحنه با کسی خوابیده‌ی؟»

گفت «نه عزیز دلم.»

پرده‌ی مخمل را پهن کردم رو زمین. بلوزم را درآوردم، دراز کشیدم روی پرده.

گفتم «چراغ را خاموش می‌کنی؟»

گفت «می‌خوام روشن باشه ببینمت.»

با تنش خزید روی مخمل، روی تنم.

عبور

راهنمایی افسر خواب‌آلود لازم نیست؛ فقط یک چراغ روشن است. چمدان را روی زمین می‌کشم. چمدان را خیلی ارزان خریده‌ام و باور دارم به‌همین‌دلیل یکی از چرخ‌هایش مدام به سمت راست می‌کشدم. متصدی تحویل گرفتن بار ایستگاه گری‌هاند که چمدان را وزن کرد گفت چهار کیلو اضافه است. چهار کیلو اضافه‌بار را ریخته‌ام در کوله‌پشتی. چهار کیلو کتاب اضافه روی شانه‌هایم است. موقع اتوبوس عوض کردن در نیویورک وقتی می‌دویدم که به اتوبوس سیراکیوس برسم بند کوله‌پشتی پاره شد و همه‌ی ده کیلو را انداخته‌ام روی یک شانه و کج راه می‌روم. سه تار روی زمین کنار افسر است. فاصله‌اش را با سه‌تار حفظ کرده؛ چون احتمالاً از بمب می‌ترسد. به راننده‌ی تاکسی‌ای که من را رسانده تا مرز رسانده اشاره می‌کند. تاکسی دور می‌زند و دور می‌شود.

می‌پرسم «چرا رفت؟»

«نمی‌شد بمونه. اسلحه‌ی شخصی داشت. با اسلحه از مرز نمی‌تونست رد بشه. تازه معلوم نیست کار تو چه‌قدر طول بکشه.»

«بعدش چی‌کار کنم؟ اتوبوس که از این باجه‌ی مرزی رد نمی‌شه.»

«بعدش باید بری اون‌طرف پل رنگین‌کمون. زنگ می‌زنیم تاکسی می‌آد یا خودت پیاده می‌ری. این یکی رو نمی‌بری؟»

اشاره می‌کند که چمدان را گذاشتی بیا سه‌تار را هم ببر.

جعبه‌ی سه‌تار سنگین و بدبار است. تنها یادگار پدرم. من ساز نمی‌زنم. هفتْ هشت سال پیش یک سال مشقِ سه‌تار کردم و خیلی زود فهمیدم که جز صدای بم و چشم‌های سرمه‌دار معلّم سه‌تارم هیچ دلیل دیگری برای نواختن ندارم. معلّم را نگه داشتم و سه‌تار را رها کردم.

پدرم همین بار آخر یک ساز دست‌ساز عالی سفارش داد. هرچه گفتم من که ساز نمی‌زنم، گفت لابد سازت خوب نبوده که نزده‌ای؛ این را سازساز ذوالفنون ساخته. گفتم من ته دنیا معلّم از کجا پیدا کنم؟ گفت دست بگیر خودت بزن؛ ساز خوب صدای بد نمی‌ده.

ساز خوب بدبار را همه‌ی این شهرها که رفته‌ام با خودم برده‌ام و حتا یک بار هم نزده‌ام. کوک هم نیست. گاهی در جعبه را باز می‌کنم ببینم موریانه سازم را تمام نکرده باشد. یک بار فکر کردم اگر روزی کودکی داشتم به او خواهم گفت «پدربزرگ مرحومت عاشق صدای سه‌تار بود و آکاردئون. آن یکی برای جثه‌ی من سنگین بود؛ پس این را برای من خرید. بیا بگیر همین را بزن.»

ساز را برداشتم.

«این جعبه‌ی چه سازیه؟»

«سه‌تار.»

دست به اسلحه شد. از غلافش درش نیاورد، ولی دستش را گذاشت روی کلت کمری.

«درش رو باز کن و برو عقب.»

چفت زنگ‌زده‌ی راست را هم باز کردم و رفتم عقب.

«این چیه؟»

«گفتم که؛ سه‌تار.»

اجازه گرفت و ساز را درآورد. دست کشید روی سیم‌ها و گفت «گفتی سی‌تار؛ یعنی من سی‌تار شنیدم. سی‌تار دیده‌م قبلاً. خیلی بزرگه.

فکر کردم داری دروغ می‌گی.»

«نه؛ سه‌تار. ساز ایرونیه. چون سه‌تا سیم داره.»

«این که چهارتا سیم داره.»

«دوتاش را باهم می‌گیرم. می‌گیرند. یکی اون‌طرف پل منتظرمه؛ وگرنه سرفرصت برات فلسفه‌ی سیم چهارم رو توضیح می‌دادم.»

خندید. «برو به کارت برس. ساز قشنگیه. شکل تنبوره کمی. اسمش چی بود؟»

«چه خوب سازها را می‌شناسی. سه‌تار. سه یعنی عدد سه.»

سه انگشتم را نشانش دادم.

دسـتش را از روی کلتش را برداشت و با خودکار روی ساعد دست چپش چیزی نوشت.

«برم؟»

«برو. بده این دوتا رو هم من برات بیارم.»

کوله و ساز را برد تا دم دفتر. من هم به دنبالش راه افتادم.

هیچ صدایی نیسـت. به بهانه‌ی خسـتگی در کردن کنج بالاگرفته‌ی چمدانم را زمین می‌گذارم. سکوت است. سکوت همه‌ی مرزهای دنیا ساعت پنج صبح یک‌جور است. افسر نگاهم می‌کند. کمرم را می‌دهم جلو انگار که خسته‌ام. افسرساکم را می‌گذارد بالای پله و برمی‌گردد سر پستش. سکوت می‌شود. حالا که هیچ صدایی نیست و او دیگر قدم‌رو نمیرود حس میکنم صدای آبشار را می‌شنوم. آن‌طرف پل را نمی‌بینم؛ همه‌جا جز پل مرزی که چراغ‌های زرد روشــنش کرده، ولی درنهایت آن‌هم به ظلماتی می‌رسـد که تاریک تاریک اسـت. نمی‌دانم با آبشار چه‌قدر فاصله دارم و این صدایی که می‌شــنوم توهّم است یا واقعیت. صدای همهمه‌ی آبشار باید باشد. چمدان را از پله‌ها بالا میبرم.

از پله‌ها که بالا آمدی من روی صندلی کافه نشسته بود. دودل بودم بیــن ماندن و رفتــن. دودل بودم بین این‌که اصــلاً خواهی آمد یا نه؟ پیش‌خدمت ســه بار از من پرسید چیز دیگری می‌خواهم؟ شـراب ســفارش نداده بودم. می‌ترسیدم تو بیایی و سرم گرم باشد و نفهمم که آمده‌ای. قهوه هم دست‌نخورده روی میز بود. ترسیدم تپش قلبم دوبرابر چیزی بشود که بود و سکته کنم.

مــرد و زنی آن‌طرف روی برگ‌های خشــک می‌رقصیدند. چند نفر هم نگاهشان می‌کردند. یک عده صندلی‌هایشان را برگردانده بودند به ســمت مرد و زن رقصنده، ولی من رو به ایستگاه نشسته بودم؛ پشت به آن‌ها.

ساعت یک ظهر چهارشــنبه به‌نظرم ساعت عجیبی برای رقص بود و روزعجیب‌تری برای بی‌کاری مردم تماشاگر. از پله‌های ایستگاه که بــالا آمدی دیدمت. فکر کردم تظاهر کنم به ندیدنت. ســرم را بیندازم پایین و کتاب بخوانم. بگذارم این دیدار عجیب با ندیدنت تمام شــود. فنجان قهوه را لب زدم و از بالایش نگاهت کردم. من غریب بودم و تو سرگردان و گم‌شده بودی انگار. دورتادور ایستگاه کافه بود؛ کافه‌های پر از صندلی و صندلی‌هایی که زن‌های موسیاه عینک‌آفتابی‌زده روی‌شان نشســته بودند و نمی‌دانســتی من در کدام کافه و روی کدام صندلی می‌توانم باشم. صبر کردم ســرگردان بمانی. از جلو کافه رد شدی. از صندلی من هم رد شدی. آفتاب چشم‌های از تاریکی مترو درآمده‌ات را اذیت می‌کرد؛ جمع‌شان کرده بودی. تو مرا ندیدی ولی من دیدمت. دلم خواســت صدایت نکنم تا‌خوب براندازت کنم که اگر دوستت نداشتم بروم دنبال کارم و شاید دیگر هیچ‌وقت نبینمت. ایستادی. کمی جلوتر از من. ژاکتت را در آوردی و آســتین‌های پلیور سیاهت را بالا دادی و دوروبرت را نگاه کردی. گفتم که عاشــق ساعدهایت شدم؟ صدایت

کردم. برگشـــتی. با چشمهای ریز. هنوز پیدایم نمی‌کردی. دست تکان دادم. آمدی. ایستادم و تو با همان دست‌ها بغلم کردی. غریبه نبودی.

افسر ارشد پشت باجه‌ی مرزی خواب نبود؛ حتا خواب‌آلود هم نبود. رطوبت قهوه را از انتهای سبیل‌های سفیدش مک زد و گفت «مدارک؟»

چون شـــب‌به‌خیر نگفته نبود شـــک کردم بگویم شـــب‌به‌خیر. حتا نمی‌دانســـتم ساعت چهار صبح تاریک آخر ماه اکتبر شامل شب‌به‌خیر می‌شود یا صبح‌به‌خیر. برای همین خطر نکردم. گفتم سلام. می‌خواهم خروجم را از کشور ثبت کنم.

ــــ ماشینت کجاست؟

ــــ با تاکسی اومده‌م.

ــــ بعد کجا می‌خوای بری؟

ــــ اون‌طرف.

ــــ با چی؟

ــــ با تاکسی.

ــــ کارت تموم شـــد باید ســـریع از مرز رد بشـــی. این قانونه. من نمی‌تونم صبر کنم تاکسی بیاد دنبالت. می‌خوای الان زنگ بزن بگو بیاد.

ــــ می‌دونم. دفعه‌ی اولم نیســـت که خـــروج رو ثبت می‌کنم ولی موبایل ندارم. می‌شه شما زنگ بزنید؟

ــــ نه؛ نمی‌شه. تلفن این‌جا که برای مصارف شخصی نیست. ورودت کی بوده؟ یه هفته قبل؟

مدارکم را بررســـی کرد. به صدای فن کامپیوتر گوش کردم و صدای خیلی ضعیف یک گزارش‌گر ورزشی که نمی‌دانم از کجا می‌آمد.

افسر از جایش بلند شد.

ــــ همین سه تا ساک را داری؟

ــــ بله.

ــــ اون چیه؟ اون درازه؟

ــــ سازم.

ــــ انگشتت رو بذار این‌جا.

اشاره کرد به صفحه‌ی انگشت‌نگاری الکترونیک جلو میزش. انگشتم را گذاشتم روی صفحه‌ی نورانی.

ــــ خیلی چربه. بکشش به لباست.

ــــ چرب نیست؛ خیسه. اضطراب که داشته باشم کف دستم عرق می‌کنه.

ــــ مهم نیست. بمالش به لباست. یادت هم باشه آدم به افسر مرزی نمی‌گه استرس دارم که ده برابر بهت گیر نده.

ــــ نه؛ استرس خروج رو که ندارم، استرس اون‌طرف رو دارم.

ــــ خیلی خشک شد. بکشش بین ابروهات یه کم چرب بشه.

دوباره سکوت شد.

ــــ این صدای آبشاره؟

ــــ من که چیزی نمی‌شنوم. این‌جا نوشته که هفت روز پیش اومده‌ی و انگشت‌نگاری کرده‌ی؛ درسته؟

ــــ بله. هفت روز پیش اومده‌م.

ــــ توریست هم که نیستی. این ویزای دانشجویی‌ت هم هنوز چهارسال اعتبار داره.

ــــ بله.

ــــ چیزی شده؟

ــــ نه؛ چه‌طور؟ چی مثلاً؟

ــــ نه چه‌طور نداریم. باید دلیل خروجت رو توضیح بدی. می‌دونی که ویزات یه‌بار وروده و بعد از خروجت باطل می‌شه؟

ــ بله، می‌دونم.

ــ خب بگو چرا می‌خوای باطلش کنی؟ اون هم وسط سال تحصیلی؛ اون هم هفت روز بعد از صدورش.

ــ کار خونوادگی برام پیش اومده.

افسر شـروع کرد به تایپ کردن. دستم را از صفحه نورانی انگشت نگار برداشتم.

ــ اگه بیش‌تر توضیح بدی شانسـت بالاتر می‌ره و دوباره می‌تونی ویزا بگیری. کسی هم فکر نمی‌کنه اداره‌ی ویزا و دانشگاه و کلّی آدم رو سرکار گذاشته‌ی. حالا چه کار خونوادگی‌ای پیش اومده؟

ــ عاشق شده‌م.

ــ عاشق چی؟

ــ عاشق یه مردی اون‌طرف پل.

ــ الان داری همه‌چی رو ول می‌کنی که بری پیشش؟

ــ فکر می‌کنم. یعنی بله؛ دارم همین کار رو می‌کنم.

ــ فکر می‌کنی؟ خب این دیگــه خیلی چیز مزخرفیه. این‌یکی رو که اصلاً قبول نمی‌کنن؛ چون خیلی ســرکاریه. آدم یه بورس بیســت هزار دلاری رو که ول نمی‌کنه بره؛ اون هم به‌خاطر یکی که سه میلیارد ازش تو دنیا ریخته. تازه فکر هم کنه که داره ول می‌کنه. حتا اگر انقدر ســاده‌ای که داری همچین کاری می‌کنی به نظرم باید یه دلیل محکم‌تر بیاری. بغض هم نکن. قهوه می‌خوری؟

بدترین حال دنیا وقتی است که تو زودتر عاشق شده‌ای و باید صبر کنی تا معشــوق هم به پای تو برسد یا حتا نرسد. برایان معتقد است عشــق به آدم ویران‌کننده اسـت و برای همین او عاشق سگش شده. گاهی نگاهــش می‌کنم و فکر می‌کنم کاش همه‌چیز به این ســادگی

بود. معشــوق را به خانه می‌آوردی و با طنابی که به گردنش بســته‌ای می‌کشیدی. می‌گفتی من عاشقتم پس با من بیا. کندی و تندی قدمهایت را با من تنظیم کن. وقتی می‌گویم ساعت نوازش است بگذار نوازشت کنم ونوازشم کن. وقتی می‌خواهم اخبار ببینم ساکت باش. همیشه در یک قدمی‌ام باش و اگر رفتی هم ممکن است یکی شکل تو در مغازه‌ای انتظارم را بکشد.

کســی نمی‌داند؛ ولی خودت که می‌دانی من در عاشق شدن از تو جلوتر بودم. اقلاً می‌دانم وقتی به پله‌ی دهم رسیده بودی من از دست رفته بودم و تو احتمالاً تا ساعت‌ها بعد از تمام شدن دیوار زندان حسّی به من نداشــتی. از زندان که حرف می‌زدی و ویرانه‌های جنگ سعی می‌کردم بادقّت گــوش کنم ولی گوش نمی‌کردم. ته دیوار زندان کنار آن خیابان‌خواب‌ها پرسیدی راست است که ازدواج کرده‌ای؟ گفتم آره. گفتی الان کجاست؟ لابد دارید جدا می‌شوید. گفتم نه. هنوز همه‌چیز شکل قبل است. دستم را رها کردی ولی در انتهای دیوار دوباره گرفتی. نشــد که بگویم الان دارم هیچ کاری نمی‌کنم جز کنترل خودم که نزنم زیر گریه و التماســت نکنم که من می‌خواهم این‌جا بمانم. مهم نیست تمام داروندارم آن‌طرف مرز جا مانده. می‌خواهم برنگردم و بمانم کنار همین دیوار زندان، مجاور قبرستان، کنار تو.

افسر گفت «گفتی شکر نریز ولی ریختم. رنگت پریده؛ خوبه یه چیز شیرین بخوری. برگه‌ی آی. بیست رو بده به من و بگیر بشین.» دســته‌ی داغ لیوان قهوه را با دستمال اشکی گرفتم و رفتم آن‌طرف روی صندلی فایبرگلس طوسی نشستم. گفت «نه؛ اون صندلی تاشو رو بیار و همین‌جا بشین؛ روبه‌روی من.» باجه برای ایستادن ســاخته شده بود. نشستم روبه‌روی باجه؛ خیلی

پایین‌تر از آن‌جا که باید می‌بودم. چشم‌هایم به موازات دست‌های افسر بود که تایپ می‌کرد. دلم می‌خواست بپرسم سرکار چی می‌نویسید؟ ولی آن‌قدرها برایم مهم نبود. می‌دانستم که دیگر قرار نیست برگردم. وقتی می‌روم برای همیشه رفته‌ام مگر این‌که آن‌قدر بروم که کروی بودن زمین دوباره برگرداندم به نقطه‌ی شروع.

ــــ اون‌طرف کجا اقامت می‌کنی؟

ــــ هنوز نمی‌دونم.

ــــ تلفن؟

ــــ برسم می‌گیرم. ندارم.

ــــ مال همین‌جا رو بده. همین که الان داری.

ــــ موبایل ندارم. گفتم که موبایل ندارم.

ــــ ای بابا. الان کسی تو دنیا هست که بدونه اصلاً تو کجایی؟ مهم نیست؛ تلفن یکی رو بده که بشناسدت.

بلند شدم و کاغذ آدرس و تلفن پانسیون را گذاشتم جلوش.

همانطور که می‌نوشت پرسید

ــــ خیلی‌وقته بیرون از ایرانی؟

ــــ شیش سال.

ــــ سخت بوده؟ تنهایی.

ــــ تنها نبودم. با همسرم بودم.

ــــ اون چی شد؟ کجاست الان؟

ــــ ویرجینیا.

ــــ جدا شده‌ی؟

ــــ نه؛ قرار شد من بیام این‌جا کار کنم تا درسش تموم بشه و بیاد پیش من.

ــــ مگه الان نگفتی عاشق شده‌ی؟

ـــ نه؛ اون داستان بود.

ـــ داری ترکش می‌کنی؟

ـــ موقتاً.

ـــ ترک موقت نداریم. ترک موقت تمرین ترک کردنه. می‌ری ببینی بهترش هست یا نه؛ اگه نیست برگردی. به این می‌گن ترک موقت. من بارها ترک موقت شده‌م. دفعه‌ی اولته کسی رو ترک می‌کنی؟

ـــ نه؛ شیش سال پیش خونواده‌م رو ترک کردم.

ـــ اون فرق می‌کنه.

ـــ آره خب. اون موقت نیست؛ دائمه.

بعد از مرگ برادرم پدرم گفت زودتر برو هرچی می‌خوای اونور ببینــی زود ببین که زودتر هم برگردی. مـــن زیاد نمی‌مونم. گفتم من برنمی‌گـــردم. گفت نمی‌تونی؛ ماها یه‌جور عجیبی نمی‌تونیم تو غربت بمیریم. آخرش برمی‌گردیم. من خودم احتمالاً برمی‌گردم اردبیل بمیرم. نمی‌دانست که قرار است بماند بین دوتا اتوبوس میدان انقلاب و له بشود و هنوز یک‌دهم راه را به سمت اردبیل طی نکرده مرده باشد. من که نبودم، مادرم گفت.

گفتم چه‌قدر از راه اردبیل رو رفتید و تموم کرد؟

گفت به عوارضی قدیم هم نرسید.

گفتم چه رفتنی بود؟

گفت نیّتش فکر کنم آرومش کرد.

ســه ماه در کما بود. چندبار زنگ زدم و مادرم گوشــی را گرفت دم گوشش.

گفتم «بابا من نمی‌تونم برگردم، الان نمی‌شــه؛ وسط امتحان‌هاس. به مامان گفتم برمی‌گردم ولی خب؛ حقیقتش مشکل مالی دارم. ویزام هم

یهبار وروده. شـــما که می دونید کار نمیکنم و روم هم نمیشه از نیما پول بگیـــرم. مامان گفت منتظر من موندهید. اگه میخواید برید، کاش برید. »

پدرم منتظر من نبود. منتظر کسی نبود. منتظر اردبیل هم نبود. چند ماه بعد از مرگش نیما گفت نیّت اردبیل آرامش کرد مزخرف محضه؛ لابد از دستگاه تنفس جداش کردهن تو آمبولانس فوت کرده.

وقتی این را گفت داشتم سالاد هم میزدم.

ـــ شاید. ولی چرا همون تو بیمارستان جداش نکردهن؟

ـــ لابد روشـــون نمیشده از مادرت بخوان اجازهی جدا کردن بده. لابد فکر کـــردن اینجوری راحتتره. بگن میبریمش و خب جداش کنن.

ـــ یعنی کشتنش؟

ـــ نه؛ کشتن چیه؟ مرگ مغزی شده بود پدرت. فقط نذاشتهن عذاب بکشه.

برادرم را هم نگذاشـــته بودند عذاب بکشد. او هم مرگ مغزی شده بود وقتی خودش را از طبقهی سـوم پرت کـرد پایین. مادرم و پدرم هرچه را که میشد از اعضای بدنش اهدا کرد بخشیدند. بعد از تصادف پدرم مادرم گفت یک ناخنش را هم به کسی نمیدهم. کسی هم چیزی نمیخواست. هیچ عضو مردی که از تقریباً همهی هفتاد سال عمرش را سیگار کشیده و چشمهایش چندبار عمل شده و کبدش را الکل سیاه کرده به درد کسی هم نمیخورد.

مادرم گفت اون که حادثه بود ولی اینیکی مقصر داره.

نمیدانم خودش را مقصر میدانســـت یا راننده را. برادرم را وقتی در قبر گذاشتند تقریباً از تو خالی شد بود. عموم گفت اون دنیا طفلک باید دوبرابر جواب پس بده؛ هم بابت خودکشی که حرومترین حرومهاس

هم این‌که چرا اعضای بدنش رو حفظ نکرده. خوب شـــد نگفت بابت حرام‌زاده بودن هم باید حساب پس بدهد. شاید هم گفته و من نشنیده‌ام. با کس دیگری حرف می‌زد و من بی‌آن‌که بخواهم شنیدم. نشسته بودم روی سنگ‌قبر سرهنگ نعمیی و از یک طرف تنم سرهنگش بیرون بود و از طرف دیگرم نعیمی‌اش. بیژن سرهنگ زیر تنم مانده بود.

پدرم سر خاک نیامده بود. گفته بود نمی‌تواند، ولی مادرم گفت لابد فینال جام باشگاهای اروپا بوده.

عکس آگهی ترحیـــم را که در روزنامه دید گفت حتا در این عکس هم شبیه من نیست.

مادرم گفت مگه دختره شکل توست؟ اصلاً تو عکس از جوونی‌ت داری ما بدونیم چه شکلی بوده‌ی؟ انقدر عذابش دادی با این توهّماتت که خودش رو پرت کرد پایین.

پدرم در رابست و گفت راست می‌گی، اونی که باید خودش رو پرت می‌کرد پایین تو بودی.

مادرم گفت: به وقتش؛ به وقتش پرت می‌کنم.

افسر گفت این فرم رو هم پر کن که اون‌طرف پل تحویل بدی. الکل و سیگار داری؟

ـــ نه.

ـــ پول چی؟ پول داری؟

ـــ ده‌هزار تا.

ـــ نقد؟

ـــ هزار تاش نقد این‌جاس، ولی باقی‌ش رو واریز کردم به حســـابم اون‌ور آب.

ـــ کی؟

ــــ امروز صبح. قبل خروج از شهر. یعنی دیروز صبح.
ــــ مطمئنی واریز شــده؟ اگر نشده باشــه خیلی سخته که برگردی این‌طرف راست‌وریسش کنی.
ــــ نمی‌دونم. باید راه می‌افتادم. امیدوارم رسیده باشه.
ــــ پول چی بود؟
ــــ پول شهریه‌م. از حساب مشترک‌مون برداشتم.
ــــ لابد الان شوهرت عصبانیه.
ــــ آره. احتمالاً از این‌که بی‌خبر برداشتم عصبانیه. البته همه‌ی پول رو که برنداشته‌م. بیست تاش مونده.
ــــ نره پیش پلیس؟
ــــ فکر نکنم. چرا بره؟ حســاب مشترک‌مون بوده. حساب مشترک یعنی مشترک. این هم شهریه‌ی من بوده.
ــــ به‌خاطر پول که فرار نمی‌کنی؟
ــــ نمی‌دونم. پول خودم بــوده، ولی خوب که فکر می‌کنم می‌بینم ازش می‌ترسیدم. اصلاً همین رو بنویسید.
ــــ این رو بنویسم؟ بنویسم این پول رو یواشکی برداشته و داشته در می‌رفته و من هم نشسته‌م مثل ماست نگاهش کردم؟
ــــ راست می‌گید؛ خیلی بده. اصلاً ماجرای پول رو ننویسید.
ــــ می‌دونی تو نباید به من بگی چی بنویسم؟
ــــ ببخشید. منظورم این نبود. خواهش کردم این‌یکی رو ننویسید.

ســاکت نگاهت می‌کردم. خوابیده بودی بین ملافه‌ها. می‌دانستم که باید بروی. باید بیدارت می‌کردم کــه بروی؛ چون او منتظرت تلفنت بود. گفتم از همین‌جا زنگ بــزن. گفتی جلو تو نمی‌توانم. کار خوبی هم کردی. برایم ســخت بود نگاهت کنم وقتی می‌گویی «دل من هم

برات تنگ شده». برهنه خوابیده بودم کنارت. صورتت را نگاه می‌کردم. موهای به‌هم‌ریخته‌ات را. برگشتم و تکیه دادم به تنت. خوابم برد. وقتی بیدار شدم هوا تاریک بود و تو رفته بودی. روی کاغذ روی میز نوشته بودی «ممنون بابت همه‌چی». اولین بار که فیلم تایتانیک را دیدم آن‌جا که کاپیتان می‌رفت چشـــمی روی هم بگــــذارد با خودم فکر می‌کردم کاش نمی‌خوابیدی مرد. یک شب نخوابیدن که کسی را نکشته. کاش تا روشن شدن هوا صبر می‌کردی. دیدی خودم خوابم برد؟ از آن روز به بعد به خودم می‌گویم کاش خوابت نبرده بود کاپیتان.

هوا بیرون کمی روشن شده بود.

افســـر گفت نوشتم برمی‌گردی. نوشـــتم موقتاً رفته‌ی اون‌طرف مرز برای یه ســـری کار اداری و برمی‌گردی درست رو بخونی. این‌طوری می‌تونی بگی نشد که برگردی. اقلاً مجبور نیستی الان به دلیل خروجت فکر کنی. گفتم باشه. گفت الان رو چی بنویسم؟ کار اداری چی داری اون‌طرف؟

ـــ کار اداری کـــه ندارم ولی مادرم خیلی مریضه. مدام گم می‌شـــه. می‌خوام کار کنم و تا دیر نشـــده اقدام کنم برای اقامتش و بیارمش پیش خودم. نمی‌شـــد بمونم این‌طـــرف مرز. این‌جا اجـــازه‌ی کار ندارم ولی اون‌طرف دارم.

ـــ این که کار اداری نیست. در طولانی‌مدت هست، ولی الان نیست. بیش‌تر فکر کن. حالا چی شده مادرت؟

ـــ بعد از مرگ پدرم حواســـش به‌هم خورده. تنهاســـت. فکر کنم تنهایی بی‌تأثیر نیست. از تنهایی می‌ترسه و این اواخر همه‌ش من رو به اسم‌های مختلف صدا می‌زنه.

مادرم از تصویر خودش در آینه می‌ترســـد. این را یکی از همسایه‌ها

گفت. گفت از بیرون که مادرت را ببینی فکر می‌کنی همه‌چیز طبیعی‌ست. همان خانم مو سشوار کشیده‌ی همیشگی که صبح‌ها می‌رود پیاده‌روی و خرید. خودش به همسایه گفته وقتی در آینه نگاه می‌کند صورت برادرم را می‌بیند و چند صورت دیگر. همه‌ی صورت‌ها به‌جز صورت من. صورت همان مردی را که پدرم معتقد بود برادرم بچه‌ی اوست؛ بهزاد. بهزاد برادر کوچک دوست نزدیک پدرم بود که برای کاری از لندن به ایران آمده بود و چون خانواده‌اش تبریز بودند تا تمام شدن کارش خانه‌ی ما ماند. پدرم می‌گفت بهزاد انگار که برادر کوچک خودش است. من شش ساله بودم. اوایل اردی‌بهشت بهزاد ماشین پدرم را برمی‌داشت و من و مادرم را می‌برد اوایل جاده‌ی چالوس یا هراز که چلوکباب بخوریم. پدرم کارمند بود و صبح‌ها قبل از این که برود سر کار می‌گفت خوش بگذرد، فقط با احتیاط؛ تصادف نکنید که آدم تصادفی به درد نمی‌خورد. بهزاد به لندن برنگشت. بعد از رفتن بهزاد به امریکا مادرم حامله شد. پدرم تا همین چندسال پیش بارها از من خواست فکر کنم ببینم چیزی از سفرهای یک‌روزه‌مان با بهزاد یادم می‌آید یا نه. یادم بود بهزاد روی فرمان چرمی پاسات ضرب می‌گرفت و با مادرم ترانه‌ی ترکی می‌خوانند. از صندلی عقب می‌دیدم که باد روسری مادرم را انداخته روی شانه‌هایش و موهای مجعد بهزاد را به‌هم ریخته. یک‌بار هم مادرم با دست موهای بهزاد را مرتب کرد. من سؤالی نکردم ولی خودش گفت «سر پیچ بهزاد نمی‌تونه فرمون رو ول کنه، موهاش هم ریخته بود جلو صورتش و خب چشم‌هاش نمی‌دید.» بهزاد به ترکی چیزی به مادرم گفت که من نفهمیدم. مادرم خندید. شیشه را دادم پایین و زبانم را بردم بیرون پنجره تا از باد جاده کرخ بشود. مادرم ترانه‌ی ترکی را با بهزاد زمزمه می‌کرد. همیشه از این‌که زن یک فارس‌زبان شده بود گله می‌کرد. همیشه می‌گفت حتماً برو با هم‌زبانت.

آدم با هم‌زبانش نباشـــد انگار در خانه‌ی خودش هم با رخت بیرونش است. حتا شـــب‌ها هم انگار با کت‌ودامن به رخت‌خواب می‌روی. با کســی زندگی کن که وقتی به‌هوش می‌آیی یا هذیان می‌گویی بفهمد چی می‌گویی. پدرم گفت بعد از زایمان برادرم مادرم که به‌هوش می‌آمد چند بار گفته بهزاد. من نبودم ولـــی پدرم می‌گفت مادرت تا به‌هوش بیایـــد کلی حرف زد و بین حرف‌های نامفهوم ترکی که می‌گفت مدام اسم مرد را صدا می‌زد. از بیمارستان که به خانه آمدیم مادرم رنگ‌پریده و کم‌شیر بود و پدرم اصرار داشت اسم برادرم را بگذارند بهزاد. مادرم نمی‌دانست چرا اصرار می‌کند. می‌گفت دوره‌ی این اسم گذشته. برای بچه سخت می‌شـــه با یه اسم قدیمی. ولی پدرم خودش رفت و برای بچه شناسنامه‌ای به اسم بهزاد گرفت. مادرم تا چند روز با پدرم حرف نمی‌زد، ولـــی آخرش کوتاه آمد و بچه را صدا زد بهزاد. بهزاد خودش می‌گفت که پدرم حتا یک‌بار هم به اسم صدایش نکرد.

افسر گفت مادرت کجاست؟

ـــ تهران.

ـــ تنها؟

ـــ بله. یه برادر داشتم که خودش رو از پشت‌بام پرت کرد پایین.

ـــ طفلک مادرت. کی؟

ـــ قبل از این‌که من بیام. شش سال پیش.

ـــ چند سالش بود؟

ـــ هفده.

ـــ پدرت هم که مرده.

ـــ بله. دوسال پیش تصادف کرد.

ـــ چرا زودتر مادرت رو نیاوردی پیش خودت؟

ـــ این‌جا که نمی‌شـــد. دانشـــجو بودم. درآمد هم نداشتم. یه‌بار هم

رفتم دنبال ویزا که گفتن مادرت هیچ وابستگی‌ای به ایران نداره و اگه بیاد برنمی‌گرده.

ـــ خب من هم به چیزی وابستگی ندارم.

ـــ باز خوبه جایی هم نمی‌خواید برید که بابتش به‌تون ویزا ندن.

ـــ نه؛ هیچ‌جا نمی‌خوام برم. آدم که وابستگی نداشته باشه براش چه فرقی می‌کنه کجا باشه؟ برای همین امثال تو رو که همه‌ش می‌خوان از روی این پل رد بشن و برن اون‌طرف درک نمی‌کنم. سی ساله دارم این‌جا خدمت می‌کنم هنوز از روی پل رد نشده‌م. اون‌طرف هم عین همین‌جاست.

ـــ مو نمی‌زنه با این‌طرف. این عکس پسرتون نیست؟

ـــ نه خواهرزادمه. الان افغانستانه ولی تا شش ماه دیگه ماموریتش تموم می‌شه و برمی‌گرده. به‌خاطر من رفت تو ارتش. برای همین نگرانش‌م. وقتی برگشت این عکس رو برمی‌دارم و می‌رم پی کارم.

مامور بررسی گذرنامه‌ی فرودگاه پرسید تو این یه هفته کجاها را دیده‌ی؟ گفتم همه‌جا رو. هیچ‌جا را ندیده بودم. فقط نشسته بودم کافه‌ی سر خیابان و فکر کرده بودم به تو که از پله‌ها بالا آمده بودی. تمام سفرم را یا منتظر تو بودم ، دل‌تنگ تو یا کنار تو. برای مامور همه‌ی خوانده‌هایم را از روی کتاب سیاره‌ی تنها شرح دادم. من فقط تن تو را دیده بودم و دست‌هایت را. از جاهای فرعی راه می‌رفتیم که دوستان خودت یا همسرت مرا نبینند. من همه‌ی فرعی‌های غیردیدنی شهر را دیده بودم و هیچ جای اصلی دیدنی را ندیده بودم. کنار زندان دستت را گرفتم. برای اولین بار کنار نرفتی، کنارم هم نزدی. گفتم می‌شود نروم؟ گفتی برو، ولی آخرش برگرد همین‌جا. خودت را از من کندی و از همان کوچه‌ی فرعی رفتی. سعی کردم یادم بیاید کجای شهرم. پیاده

تمام فرعی‌های رفته را برگشتم. خیابان اصلی روشن بود و شلوغ و من از سرخوشی عاشق‌های علنی متنفر بودم.

هوا روشن شده بود. فرم‌ها را داد دستم. گفت تموم شد. یادت باشه تا هزار سال دیگه هم اگه پرسیدن بگی برگشتم که کارکنم و پاسپورت بگیرم. بگو اگه تا آخر درسم می‌موندم دیر می‌شد و اقامتم باطل می‌شد.

گفتم ممنونم. همین رو می‌گم.

ـــ خیلی هم مهمه. باور کن. اقامتت باطل بشه باید ده سال اینجا بمونی تا شاید به اقامت برسی.

ـــ تازه بیمه هم هست. این‌جا بیمه‌ی خوبی نداشتم.

ـــ حالا الان بیمه خیلی مهم نیست چون جوونی؛ ولی پاسپورت مهمه.

ـــ بیمه هم مهمه؛ به‌خاطر بچه.

ـــ کدوم بچه؟

ـــ حامله‌ام. باید برم اون‌طرف به دنیا بیارمش چون این‌طرف خیلی گران می‌شه.

ـــ شوهرت می‌دونه؟

ـــ نه.

ـــ کار بدی می‌کنی. فکر نمی‌کنی خیلی ناراحت بشه؟

ـــ نه. بچه‌ی شوهرم نیست. اگه می‌فهمید بیش‌تر اذیت می‌شد.

ـــ خدای من. تو خیلی پیچیده‌ای. تو رو که از رو این پل رد کنم دیگه منتظر خواهرزاده‌ام نمی‌شم؛ بازنشسته می‌شم.

خندیدم. ریک هم خندید. از پله‌ها پایین آمدم. پل روشن‌تر شده بود. حالا آبشار معلوم بود ولی رنگین‌کمان روی آبشار هنوز تشکیل نشده بود. کوله‌پشتی را انداختم پشتم و کیف سه‌تار را برداشتم. ریک هم با

چمدان من از پله‌ها آمد پایین. اوایل پل رنگین‌کمان صدای آبشار خیلی بلند بود. مأمور جوان علامت ایستش را برایم تکان داد. جعبه‌ی سه‌تار را برایش تکان دادم. ریک چمدان را زمین نگذاشـت. گفت خلوته. تا آن‌طرف برات می‌آرمش.

وسط پل رسـیده بودیم. در گرگ‌ومیش صبح سایه‌ی موهای آشفته کسی را دیدم که رو به آبشار سیگار می‌کشید. آبشار نسیم مرطوب خوبی را روی صورتم می‌زد. ریک گفت خودشه. گفتم نمی‌دانم. مرد شبیه تو بود و نبود. ریک گفت جز ایرانی‌ها و سوری‌ها کسی خروجش رو ثبت نمی‌کنه؛ برای همین کسی از این پل رد نمی‌شه. لابد خودشه، مگر چند مرد ساعت هشت صبح اون‌طرف این پل منتظر کسی می‌مونن؟ اسمش چیه؟ گفتم بهزاد. ریک داد زد «بهزاد. آقای بهزاد؟»